CENSUS

센서스

CENSUS
센서스

제시 볼 장편소설 | 김선형 옮김

아브람 볼을 위하여

소소의책에서 독자 여러분께 드리는 짧은 서문을 요청해왔고
저는 기쁘게 수락했습니다. 한국은 항상 진심으로 가보고 싶
은 나라입니다. 아무래도 제 책이 저보다 먼저 갈 것 같은데,
때가 되면 저도 가볼 수 있겠지요.

이 작품 『센서스』는 구체적이고 범상치 않은 구조를 지니고
있습니다. 인물들은 동시에 두 개의 공간을 여행합니다. 첫 번
째는 실제 세계입니다. 그러나 저는 소위 제가 언어의 사고팔
기라고 부르는 현상이 텍스트에 영향을 미치지 못하도록, 언
어의 상품화를 거부합니다. 그래서 사건이 벌어지는 장소, 책
의 풍경은 가려져 있고 막연합니다. 대기업 자본에 통제되는
장소가 아닙니다. 따라서 플롯의 인물들은 알파벳으로 구성
된 두 번째 세계를 횡단합니다. 아마 언어 자체를 횡단하는지

도 모릅니다. A에서 Z까지 일련의 마을들이 이어집니다.

저의 형 아브람은 다운증후군이 있었습니다. 말하는 법은 배
웠지만 언어는 형에게 언제나 어려웠습니다. 삶을 헤쳐가는
형의 여정은 언어의 여정이었습니다. 어떤 면에서 우리 모두
에게 그렇겠지만 형은 더욱 힘겹게 분투해야 했습니다.

형에 대해 기억하는 한 가지는 제가 집을 떠날 때마다 어김없
이 싫어하던 모습입니다. 형은 매번 의심했습니다. 내가 돌아
온다는 보장이 어디 있냐고요. 그때마다 형은 내가 무슨 기나
긴 여행이라도 떠나는 것처럼 작별 인사를 하고 싶어 했습니
다. 저는 형의 그런 행동을 기억하려 노력했고, 배우려고도 했
습니다. 우리는 우리 자신과 우리의 삶을 보잘것없게 대접하
며 모욕합니다. 우리 삶의 사건들이 깊은 여운으로 남고 심오
한 중요성을 지니면 안 된다는 법이라도 있나요? 어찌 되었
건, 여러분이 사랑하는 사람들이 별 쓸데도 없는 물건을, 이를
테면 우유 한 통이나 가지 같은 걸 사러 가게에 갔다가 영영
돌아오지 않는, 그런 순간들이 가끔은 찾아올 텐데요. 죽음의
순간, 분절의 순간은 막상 닥칠 때까지는 숨겨져 미리 볼 수
없는 경우가 허다합니다.

여러분이 책을 무엇이라 생각하는지, 또 책에서 무엇을 바라
는지 확실히 모르겠지만 제게는 한 책을 읽고 지금과 다른 모

습으로 탈바꿈할 수 있는 가능성이 중요합니다. 세계는 터무니없이 소소한 순간들로 충만합니다. 우리는 섬광처럼 번득이는 의식으로 그 순간들을 드나듭니다. 우리는 코끼리나 당나귀나 호랑이보다는 물고기 떼와 더 닮았는지도 모릅니다. 찰나의 사고에 빛살이 닿을 때마다 은은히 빛을 발하는지도 모릅니다. 저는 제가 어떤 사람인지 모릅니다. 이다음에 어떤 사람이 될까, 어떻게 하면 그렇게 될까 배울 때만 감을 잡을 뿐입니다. 그게 바로 제가 책에서 발견하는 귀한 자질입니다.

제시 볼

1998년, 나의 형 아브람 볼이 세상을 떠났다. 스물네 살이었고 다운증후군을 앓고 있었다. 임종 무렵에는 인공호흡기를 달고 산 지 이미 수년째였고, 전신마비 상태로 수술도 수십 번 받았다. 복잡하게 얽히고설킨 불행에도 형의 비범하고 아름다운 심성은 끝내 시들지 않았다. 형은 나보다 나이가 많았지만 나보다 작았고, 나는 형의 병원 침대맡에서 오랜 세월을 보냈다.

하지만 그런 시간이 닥치기 전, 둘이 함께 유년기를 보내던 시절, 형이 아직 걷고 뛰어놀 수 있던 시절에도 어린 마음에 언젠가는 내가 형을 돌봐야 한다는 걸 이미 알았다. 내가 형의 보호자가 되어야 하고, 그래야만 우리가 행복하게 함께 살 수 있음을 알았다. 무거운 의무를 아주 어릴 때부터 마음으로 떠

11

소설

안고 내 일부로 품었다. 우리의 장래가 어떻게 전개될지 상상
해보기도 했다. 심지어 (어린아이였으니까) 나랑 형과 함께
기꺼이 살겠다고 할 파트너를 만날 수는 있을지 걱정도 했다.

지난달에 문득 우리 형에 대한 책을 쓰고 싶다는 생각이 들었
다. 나는 사람들이 다운증후군을 앓는 사람을 전혀 이해 못한
다는 느낌을 받았고 지금도 같은 생각이다. 우리 형과 형의 삶
을 떠올릴 때 내 심장에 차오르는 감정은 형언할 수 없이 광대
하고 찬란한 빛으로 충만하다. 그래서 다운증후군을 앓는 소
년이나 소녀를 알고 사랑하는 일이 과연 어떤 것인지 사람들
이 아주 조금이나마 이해할 수 있도록 책을 써야겠다는 결심
을 했다. 그건 보통 사람들의 예상과는 다르다. 흔한 설명, 흔
한 묘사와 닮은 구석이 하나도 없는, 딴판으로 다른 일이다.

하지만 한참 오래전에 죽은 사람, 속속들이 잘 아는 사람에 대
한 책을 쓰기란 쉽지 않다. 기억이 발길에 짓뭉개진 정원처럼
엉망이기까지 해서 더 어려웠다. 어찌해야 할지 모르는 와중
에도 가운데에 빈 공간이 있는 책을 쓰고 싶었다. 우리 형을
두고 에둘러 쓴 글로 책을 구성하기로 했다. 우리 형은 주변에
미친 영향으로서 책 속에 존재하게 된다.

어린 시절에 머릿속으로 그려본 어른이 된 형과 나의 관계는
부자 관계와 굉장히 비슷했다. 그래서 죽음을 앞두고 다 큰 아

들과 함께 여행을 떠나는 아버지에 대한 책을 써야겠다고 생각했다. 단어 안팎과 사이사이, 잘 배치된 디테일 속에서, 나의 아들이 된 우리 형 아브람의 초상을 어찌 그려볼 수 있을 테고, 다른 이들에게도 다운증후군을 앓는 소년의 본모습과 잠재성을 보여줄 수 있을 테니까.

글을 쓰면서 어린 시절의 생각과 상상 속으로 다시 들어갈 수 있었다. 앞서 말한 대로, 나는 어떻게 형의 보호자가 될까, 형의 보호자로 산다는 건 어떨까, 상상했던 기억이 있다. 우리의 삶은 길다. 우리는 각양각색의 허울을 둘러쓰고 각자의 상황에서 살아가는 수많은 다른 사람이지만, 어떤 면에서는 다 똑같다. 지금도 나는 어릴 때의 감정을 그대로 느낀다. 영원히 오지 않는 미래를 향한, 걱정과 두려움을 내내 동반한, 슬프고도 강렬한 바람을.

이 책장을 넘기는 여러분 중 누군가는 개인적인 경험을 떠올리고 있으리라 상상해본다. 다른 분들에게는 이 책이 새로운 경험으로 달려가도록 가하는 박차가 되기를 바란다.

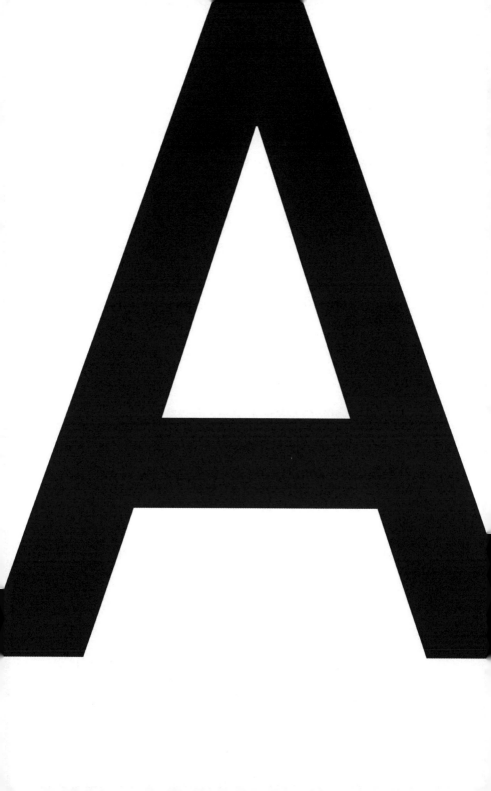

녹슬어 회색이 된 차에 삽을 기대 세우려 돌아서다 내 손으로 판 무덤 속을 내려다보았다. 무덤의 면 혹은 벽을 따라 파들거리는 뿌리에서 요 몇 달 인구조사를 하며 머나먼 곳들을 밟아온 경로가 보였다. 눈길은 우연찮게 얇고 붉은 뿌리를 타고 무덤 속 깊이, 깊이 내려갔다. 먼저 왼쪽 왼쪽으로, 또 왼쪽, 왼쪽, 다음엔 오른쪽, 그러다 왼쪽 또 왼쪽, 오른쪽, 왼쪽 또 왼쪽, 그리고 언제나 아래로, 아래로. 운전대를 잡고 들판을 감싸는 도로 위를 달리는 감촉이 아직 손에 선했다. 흡사 나였던 과거의 누군가로 되돌아간 느낌이 들었다. 나와 비슷한, 아마도 내가 알던 누군가로. 사실은 나를 향해, 내 심장과 내가 지금 서 있는 이곳을 향해 화살로 돌아올 그 누군가로. 나는 그를 알았던가? 자신의 모습과 생각을 속속들이 안다고 자신할 수 있는 자는 과연 누구인가? 하나 우리는 거듭 자신에게로 회귀한다. 그렇다면 무언가, 아무리 작은 것이라도, 자신을 알아보는 그 어떤 것이 있을 터이다. 그렇지 않은가?

나 자신으로 돌아올 때마다 나를 둘러싼 것들이 보인다. 눈길이 맞닿는 언덕들의 행진은 내면에서 끊임없이 이어진다. 내 안에 남은 게 없어서 하물며 울음을 터뜨릴 기운마저 없다.

나는 기다린다. 기다리는 동안 이미지들이 원을 그린다. 내 삶의, 내 아들의, 가장 최근에 지나갔던 날들의 이미지들. 그보

16
나 눈 먼

다 멀리 모든 것은 희미하고, 더욱더 희미해져간다. 그러나 때때로 생생한 무언가가 당도하고, 이내 내 생각의 틀을 부순다. 그러면 나는, 아마 무엇보다도, 내가 누구인지 혹은 지금이 언제인지를 잊는다.

누가 '백지상태'를 이해할 수 있을까? 인간들은 갈망으로 가득 차 빈 것을 이해하지 못한다. 비울 줄 알고 중심에 공백을 품을 줄 아는 것, 그것도 재능일지 모른다. 사람이 타고나는 능력 말이다. 내겐 처음부터 그런 재능이 있었다.

시간이 나면 난 이것저것 닥치는 대로 읽었다. 이를테면 이런 글.

인구조사원은 무엇보다 백지상태가 되려고 노력하고, 심지어 갈구해야 한다.

우리 존재만으로도 우리가 들어서는 현장을 망치고 우리의 인상을 망친다는 사실을 인구조사원들은 주의 깊게, 심지어는 점잖게 묵살한다. 그 사실을 인정하면 우리는 기본적 일처리에 손도 대지 못할 것이다. 인구조사는 미지로 떠나는 원정과 비슷하다. 누구는 달랑 호롱불 하나 들고 폭풍 속으로 걸어가는 기분이라고 했다. *호롱불을 들고 폭풍 속으로 걸어가다* —나도 여러 번 이 말을 입 안으로 중얼거려보았지만, 영웅적이기보다는 희극적인 어감으로 들린다. 인구조사원에게는 특유의 무력함이 있다. 할 수 있는 일의 한계가 아주 분명히 정해져 있는 탓이다. 바로 이런 요소 때문에 아무도 달가워하지 않는 이 끔찍한 작업에 이끌리는지도 모른다. 아무리 좋은 일처럼 보여도 실제로 이런 일에서 의미를 찾을 수 없음은 분명하다. 하물며 한 명의 인구조사원이 하는 일이란 엄청나게 커다란 사업에서 무한히 작은 한 부분이 아닌가. 지금은 세상에 없는 나의 아내가 낡은 코트를 입고 가가호호 방문하는 내 모습을 보면 웃으며 놀랄 것이다. 하지만 그래도 나는 폭풍 속 작은 호롱불의 온기를 생생히 느낀다.

무엇보다 이 일을 맡을 준비를 도와준 건 아들이었다. 아들은 말이 아니라 매일의 삶을 통해 내게 한 가지를 보여주었다. 우리 모두는 각자의 자를 가지고 타고나서 매 순간 서로를 잰다는 사실을. 그 애는 태어나자마자 이런 식으로 인구조사를 시작했고 지금까지도 계속하고 있다. 내 아들의 인구조사가 우리의 작업을, 우리의 여행을 북쪽으로 이끌었다.

우리 아들의 인생과 사고방식 덕분에 센서스 작업이 해낼 수 있는 일, 나아가 반드시 해야 할 일로 여겨졌다.

그러나 그 전에, 내가 사무소를 찾아가 인구조사원이 되기 전, 내게 전달된 공지가 하나 있었다. 인구조사에 대한 것도, 다른 무엇에 대한 것도 아니었다. 정반대였다. 모든 것에 대한, 만물에 관한 공지였다. 어떻게 보면, 배달부가 찾아와 봉투 하나를 내 손에 전달한 것이었는데, 그 순간 나는 곧 죽게 된다는 걸 알았다. 달리 말하면, 겉으로 보기에 나는 여느 때처럼 출근해서 이런저런 일을 하면서 복도에 서서 내 병원의 간호사에게 이야기를 하고 있었다. 그런데 다음 순간 정신을 차려보니 나는 검사실에 누워 있고, 걱정 어린 얼굴들이 떠다니며 난생처음 보는 사람처럼 나를 내려다보고 있었다.

그때부터 나는 의사를 찾아가 진찰을 받기 시작했다. 의사는 내 친구였고 주치의였다. 친구는 여기저기를 꾹꾹 눌러보더니, 얼굴을 잔뜩 찡그리며 서서 나를 보았다.

검사를 이것저것 해볼 순 있겠지, 그가 말했다. 그렇지만 너도, 나도 그 검사 결과가 뭘 뜻할지는 알 거라고 생각하는데.

그는 웃었다. 그게 그 친구의 방식이었다.

우리는 거기에 잠시 앉아 있었다. 한참 있다 친구가 내 어깨를 두드렸다.

하지만 네 아들 말이야, 그 애는 어떡할 거야? 그 앨 데려가줄 사람이 있을까? 누가 좋을까? 아니면 복지시설에 가게 될까?

복지시설이라는 단어를 뱉는 친구의 말투는 끔찍스러웠다. 나는 고개를 저었다.

지인 중에 아내와 내가 합의한 사람이 있다고 말했다. 나나 내 아내에게 무슨 일이 생겼을 경우에, 다 자란 내 아들을 봐주기로 약속했어. 조금만 걸어가면 나오는 집에 살고, 특별하지도 인상적이지도 않은, 다정하고 아주 멋진 사람이지.

검사실을 나서는 내게 나가는 길을 알려주다가, 친구가 문득 멈추었다. 그러더니 손으로 내 옷깃을 고쳐주고는 고개를 끄덕였다.

내 생각에는 너 일하는 거 그만둬야 할 거 같다. 어디든 습하지 않은 곳으로, 북쪽으로, Z에 가까운 곳으로 가야 할 거 같아. 그런 여행이 네게 좋을 거야. 생각해봐, 꼭 살던 곳에서 죽을 필요는 없잖아. 그게 딱히 더 고귀한 것도 아니고.

나는 아들이 머물던 집에서, 아들이 함께 있던 사람들에게서 그 애를 데려왔다. 그 사람들은 사태를 전혀 파악하지 못했다. 나는 같이 여행을 떠날 작정이라고, 그러니 아들은 얼마간 돌아오지 못할 거라고 말했다. 그 사람들은 아들에게 여행에 대한 쇼를 만들어 얼마나 신나는 일인지 보여주었다. 아들은 신이 나서 기대에 찼다. 막대기로 무언가를 만들다가 나에게 보여주었다. 멋지구나, 이건 뭐니, 내가 물었다. 그러자 아들은 내가 못 알아본다고 언짢아했다. 우리 집이잖아, 아들이 말해주었다. 그럼, 내가 말했다, 당연히 우리 집이지, 아빠가 잘못 봤구나.

우리 집에 돌아온 나는 여기저기, 이 방 저 방을 괜히 서성거렸다. 이제 나는 여기 살지 않겠지. 우리 아들도 여기 살지 않을 테고. 어찌 된 일인지 아무도 이곳에 살 수 없게 되었어.

한 시간쯤 아들을 혼자 집에 두고 길을 따라 걸어갔다.

안색이 정말 곧 죽을 사람 같잖아요, 여자가 말했다. 전 늘 부인이 더 오래 사실 줄 알았는데.

내가 더 오래 살긴 했어요, 내가 말했다.

하지만 아주 잠깐이었네요.

여행을 하려고 해요, 나는 말했다. 인구조사를 하면서 북쪽으로 올라갈 겁니다. 뭐라도 해야 하니까요. 같이 보내는 마지막

계절에. 목표라는 게 다 그렇듯 그 자체로 충분할 테니 굳이 이루지 않아도 되죠. 아들과 함께 지낼 수 있을 거예요. 항상 철도를 따라 이동할 테니 혹시라도 상황이 나빠지면 우리 아들은 기차를 타고 다시 돌아올 겁니다. 제가 연락하면 그 애를 역에서 받아주시면 돼요.

제가 같은 입장이라면 그런 계획을 세우지 않았겠지만, 왜 그러고 싶어 하시는지 알 것 같아요, 그녀가 말했다.

내 아들과 함께하는, 마지막 한 번의 여행입니다. 어쩌면 몸이 좀 나아질 수도 있겠죠.

그럼요, 그녀는 말했다.

나는 아들을 돌볼 때 알아야 할 것들을 읊기 시작했다. 이런저런 주의 사항과 그 애한테 필요한 물건들.

다 알고 있어요.

제가 그냥 말하게 해주세요.

그러시고 싶으시면 상관없지만, 저는 이미 다 알고 있어요. 잘 돌볼 테니까 걱정 말아요. 지금까지와 전혀 다르지 않을 거예요, 어찌 되었든.

아내를 그닥 좋아하지 않으신 건 알고 있어요, 내가 말을 꺼
냈다.

나 참, 저랑 같이 살게 될 건 부인이 아니라 아드님이에요, 걱
정 마세요.

다음 날 아침 나는 인구조사국을 찾아갔다. 꽤 오랜 시간이 흐른 뒤 나는 새로운 업무와 새로운 직책을 받아서 나왔다.

나와 아내는 항상 어딘가로 떠나고 싶어 했다. *우리 그냥 홀쩍 떠나지 않을래?* 아내는 입버릇처럼 말했다. 하지만 어째선지 그런 일은 일어나지 않았다. 나는 아들이야말로 어디론가 떠날 가장 합당한 이유가 될 거라고 생각했지만 아이도 떠나는 걸 꺼려했다. 아무튼 아내 생전에 우리는 떠나지 않았고 그럴 수도 없었다. 하지만 아내의 죽음과 동시에 이제 떠날 수밖에 없다는 깨달음이 덮쳐왔다. 떠날 길을 찾아보니 인구조사가 있었다. 아무 데도 아닌 곳에서 출발해 아무 데도 아닌 곳으로 가면 또 아무 데도 아닌 곳으로 인도해줄 선명한 길. 갑자기 모든 것이 또렷해졌다. 인구조사원이 되어야겠다. 그러면 아들과 함께 장애물이 없는 길로 홀홀 떠날 수 있다.

나는 아들을 데리고 와서 집에 들렀다가 집을 떠나 도로에 접어들었다.

힘이 없었다. 벌써 몇 년째 힘에 부쳤다. 그래도 일은 계속했다. 그만둬야 할 시점이 와도 몸이 말을 듣지 않을 때까지 밀어붙였다. 아들이 좋은 집과 좋은 것들 속에서 살기를 바랐다. 아들이 태어난 순간부터 우리, 그러니까 나와 아내의 인생은 아이를 둘러싼 방패처럼 휘어졌다.

아들아이는 그저 후회 없이 살아왔을 뿐이다. 아무 후회 없이 살고 있다면 부채 의식을 갖기는 어렵다. 그런 아이에게 무슨 일을 해주든 그저 다 자기 자신을 위한 일이 아니겠는가. 그렇지 않은가?

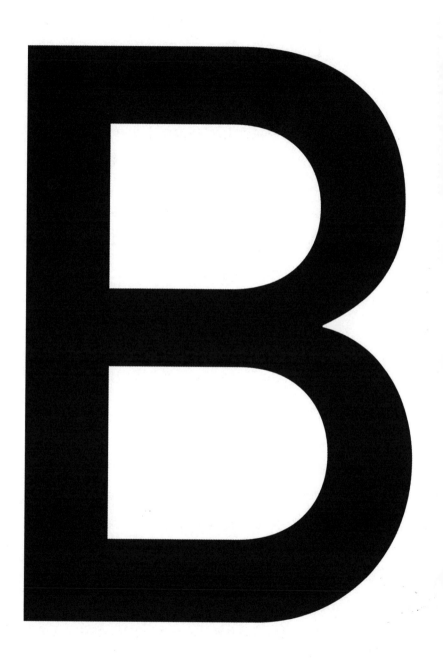

사람들은 집 밖으로 나와서 우리를 맞아주곤 했다. 첫날 우리는 B 근방에서 지도에 표시된 원의 바깥쪽을 지났다. 원의 반경 안쪽은 이미 조사 작업이 완료된 걸로 추정되었다. 조사국의 대형 지도에서 본 지름 30미터의 원을 넘었으니 이제 시작할 때였다. 포장도로에서 벗어나 덜컹거리는 좁은 흙길을 타고 높은 집으로 들어갔다. 광활한 들판에 덩그러니 홰를 친 집이었다. 반대편에 호수가 있고 호수 저편으로 숲 언저리가 보였다. 우리 차는 꽤나 시끄러운 잡음을 내며 들어섰는데, 어떤 면에서는 장점이기도 했다. 불시에 문을 두드려 사람들을 깜짝 놀라게 한 적은 없으니까.

앞서 말한 대로 사람들은 집 밖으로 나왔다. 한 남자와 한 여자가 함께 살고 있었다. 사람들은 굉장히 빠른 속도로 다가온다. 그렇지 않은가? 그러다가 대충 안전하다고 판단하는 거리에서 딱 멈춰 선다. 하지만 그 안전거리는 저마다 다르다. 내가 신분증을 보여주자 남자는 웃더니 셔츠를 걷어 올려 표식을 보여주었다. *여기 있는 게 9회차 센서스, 그리고 여기 있는 건 8회차, 여기가 일곱 번째입니다. 여섯 번째랑 다섯 번째는 찾는 중인데 ─ 이 근처에는 없군요. 4회차는 제가 태어나기 전이었습니다.*

남자의 아내도 이미 표식이 있었다. 고맙다고 인사하고 그길로 떠나려 했으나 부부가 우리를 붙잡았다. 그래서 함께 앉아

차를 좀 마시게 되었다. 그때 나는 인구조사 자체가 아니라 인구조사원이 하는 일에 대해 조금 더 알게 되었다. 농가의 창가에 앉아 머그잔을 들고 새들이 모여들 만한데 한 마리도 없는 호수를 내다보는 일도 포함된다는 사실을. 멀리서 초승달 빛이 비쳤다. 구름이 달을 유유히 스쳐 지나갔다. 아들은 옆방에서 부부가 찾아준 몇 가지 물건에 집중하느라 여념이 없었다. 노래를 부르고 있었다. 마침내 내가 찻잔을 다 비웠을 때 우리는 작별을 고하고 다시 차 안에 자리를 잡았다.

하루에 몇 가구를 방문해야 할까? 한 번에 몇 킬로미터를 달려야 할까? 이런 문제에 완벽한 답은 없다. 갈 수 있는 데로 가고 할 수 있는 일을 하고 힘에 부치지는 않는지 확인하는 수밖에. 그날 밤 우리는 한 모텔을 찾았다. 비수기라서 그런지 텅텅 비어 있었다. *돈을 받을 수는 없습니다*, 주인이 말했다. *공공사업을 하고 계시니까요.*

그 사람이 내가 처음으로 문신을 해준 인물이다. 정확한 갈비뼈를 찾아 표식을 남겼다. 그러면 우리는 그 사람이 계산에 들어갔다는 걸 알 수 있다. 인구조사 작업이 야만적이라고 비판하는 사람들은 문신을 근거로 든다. 하지만 예전에 인구조사를 받으며 나 또한 나 자신, 나의 아들, 그리고 아내의 몸에 표식을 하도록 허락하지 않았던가?

각 회차의 센서스는 고유한 형태의 문양이 있어서 정해진 갈비뼈 위에 표식을 새긴다. 이 부위가 겹치는 부분이 생기는데, 인구조사원이 모두 의사는 아니므로 갈비뼈를 잘못 고를 우려를 해야 했다. 웬만한 인구조사원이라면 세 번째, 혹은 네 번째 갈비뼈를 고를 능력은 갖추고 있다고 믿지만, 막상 민간인 시절 인구조사원들을 만나 얘기해본 경험으로는 조심성도 없고 아무것도 모르는 무지렁이가 많다는 느낌을 받았다. 아내는 입버릇처럼 말했다. 할 일 없는 사람들이니까, 자기가 추구하는 목표가 없으니까 이따위 일이나 하지. 나는 센서스 일을 맡으면서 이 농담의 묵직한 무게를 실감했다. 일종의 죽음을 지시하는 신호로 느껴졌다. 나의 센서스는 항상 외곽으로, 변방을 향해서만 진행될까? 어디쯤에서 멈출 수 있을까?

게르하르트 무터Gerhard Mutter는 이름만 보면 남자 같지만, 슈투트가르트 근처에 있는 독일 소도시의 시장으로 공적인 삶을 영위하며 실제로는 강박적으로 가마우지에 관한 글을 쓰는 데 평생을 바친 여성 로타 베르터Lotta Werter의 필명이다. 그녀가 보기에 만사는 가마우지로 귀결되었다. 나날의 삶에서 그녀가 찾아낸 법칙은 그 무엇이든 가마우지들의 속삭이는 울음소리, 손가락 사이로 빠져나가는 매끄러운 자맥질, 기이하게 영민한 검은 눈과 얽혀 있는 듯했다. 그것은 끔찍한 일임에 틀림없다, 무터는 여러 번 되풀이해 쓰고 또 썼다. 똑같은 낱말들로 그녀는 같은 문장을 계속해서 다시 쓴다. 자기 복제를 넘어 후렴구로 보일 때까지 같은 얘기를 쓰고 또 썼다. 끔찍한 일일 거라고. 물고기가 되어 가마우지한테 발각되었다는 사실을 눈치챘다면 얼마나 끔찍할까. 무터는, 죽음은 끔찍하지 않다고 생각한다. 그저 발견되어 도리 없는 위험에 빠지는 일이 끔찍스러울 뿐이다. 목숨을 지키기 위해서 물고기가 더 갈 수 있는 곳은 없다고, 무터는 쓴다. 발견된 시점부터 물고기에게 허락되는 유일한 은총은, 뼈아프게도, 그저 총검 같은 부리가 내리는 결말뿐이다.

B에서 간선도로를 따라 10킬로미터 지난 곳에 있는 집에 도착하면서 나는 인구조사가 일종의 발견이라는 느낌을 받았다. 만약 그렇다면 발견을 매듭짓는 부리는 무엇일까, 부리는 언제 오게 될까, 그리고 그 부리가 의무를 다했을 때 어떤 영

광의 품격이 주어질까? 로타 베르터는 또한 어떤 상황이 닥쳐도 짙은 색 털모자를 벗지 않는 것으로 유명했다. 그녀의 전기를 쓴 작가들은 로타 베르터가 자기 모자에 대해서 자주 하던 농담을 기록했다. 이건 제 가발이에요, 또는 이건 가발이에요, 아니면 이건 나한테 가발 비슷한 거죠. 로타 베르터는 슈투트가르트의 상점에서 같은 모자를 여러 개 샀다. 어김없이 물개 털가죽 소재였다. 저서 『황금 연못Gold Ponds』에 나오는 다음 구절은 정통으로 그 점을 겨냥한다. 물개는 가마우지와 확실히 닮았다. 하지만 가마우지가 금욕적인 데 비해 물개는 쾌락을 찾는 데에 바빠서 수천 년의 과정에 걸쳐 방탕해지고 말았다. 그렇다면 로타 베르터가 물개 가죽 털모자를 쓴 건 무슨 뜻일까? 최근 출판된 수정주의적 전기들에서는 베르터의 모자가 물개 가죽이었다는 주장 자체에 의문을 품는다. 알고 보니 당시 독일에는 물개 털모자가 아예 없었던 모양이다. 당시 털모자는 예외 없이 밍크로 제작되었다. 하지만 내가 슈투트가르트 미술관에서 여러 차례 보았던 회화 한 점에는 도저히 잊을 수 없는 모양새로 나무에 홰를 치고 있는 가마우지가 그려져 있었다. 나무들은 물론이고 물의 표면에도 가마우지의 폭력이 실처럼 엮여 있었다. 수면 아래서 헤엄치는 물고기도 친친 얽혀 있다는 의미였다.

문을 열러 나온 여자는 서른다섯 살쯤 되어 보였고 헐렁한 민소매 드레스를 입고 있었다. 그녀는 나와 아들을 집 안으로 맞아들였고 우리는 그녀의 응접실에 머리를 맞댄 공모자들처럼 둘러앉았다.

세 사람이 어느 순간 무슨 말을 하든 웃는 법을 배우게 되다니 어쩐 영문일까? 우리가 그랬다. 이해할 수 없는 즐거움으로 완전히 빠져들었고 기꺼이 그 즐거움 안에서 맴돌았다. 여자는 내 질문에 답했다. 인구조사에 참여한 적이 없다고 했다. 그녀의 첫 조사원이 나였으므로 떠나기 전에 그녀의 몸에 표식을 남겼다. 그녀는 원피스를 걷어 올렸다. 보통 사람이라면 혼란스러워하거나 걱정했겠지만 의사 경력이 있는 내게는 일상적인 일이었다. 갈비뼈를 찾아내어 표식을 남겼다. 여자는 이야기를 하나 해주었다. 옛날에 집에 강도가 들었어요. 그중 한 사람은 아는 남자였죠. 그때 집 안에 있던 그녀는 커튼 뒤에 숨었다. 집 구석구석을 뒤지면서 물건을 챙기던 강도들은 여자와 그 집에 대한 잡담을 나누고 있었다. 그들이 훔쳐간 물건에 대해서는 별로 신경 쓰지 않아요. 물려받은 재산도 있고 별로 필요한 물건도 없었으니까요. 필요한 건 또 사면 될 일이고 귀찮음을 감수하는 것도 나쁘지는 않다고 생각했어요. 하지만 중요한 사실은 따로 있어요. 제 물건을 보면서 강도들끼리 나누는 대화를 엿듣는 게 아주 즐거웠거든요. 웃음이 터질 지경이었어요.

그녀를 아는 남자가 동료들에게 자신을 설명할 때마다 그녀는 그들이 마음속에서 그녀의 이미지와 그녀의 집과 물건들을 맞춰보는 것을 상상할 수 있었고, 그때마다 키득거리는 웃음이 터져 나오려 했다. 그렇게 숨어 엿보는 상황에서 언제나 나올 법한 반응이다. 지금까지도 그 일이 계속 생각나곤 해요, 여자가 말했다. 우리가 떠날 때, 그녀는 아들의 뺨에 키스를 하고선 나를 격하게 포옹했다. 아무리 봐도 오른팔에 무언가 끔찍한 일을 당한 게 분명했지만 그에 대해서는 당사자가 일언반구도 없었으므로 우리 또한 아무 말도 하지 않았다. 여자는 문 쪽에 있는 사진들을 설명해주었다. *이 사진의 결혼식 신부가 저예요. 그리고 이 사진의 신부도 저고요. 여기에서는 이 어린애가 저고, 여기서는 미망인이죠. 선생님도 아내분과 사별하셨으니 이 사진에서 제가 아무리 어두운 옷을 입었어도 알아보실 수 있겠죠.*

우리 세 명의 마음이 완벽하게 하나로 어우러졌던 훌륭한 사례다. 나로서는 그저 문을 열고 들어가서 자기소개를 하고 진실성을 보여주고 다음 할 일을 하기만 하면 되었다. 그 사실을, 운전대를 잡고 당시의 만남을 마음속에서 뭉근히 곱씹어보고서야 뒤늦게 깨달았다. 응접실 탁자를 둘러싸고 옹기종기 모여 있을 때, 여자가 손을 뻗어 내 손을 잡았지만 나는 몸서리치지 않았다. 아들은 그녀의 여윈 팔을 붙들고 있었다. 부자연스러운 구석이 하나도 없었다.

스위스의 지방은 주cantons라고 불린다. 내 귀에는 그 말이 항상 즐겁게 들렸다. 소년 시절에는 스위스의 주에서 어떤 멋진 일들이 일어날까 상상했다. 외국의 것이면 무조건 경이롭고 우리 것은 다 고루하고 따분하다는 철칙을 고수하는 사람들이 있는데 나도 그중 한 명이었다. 그래서 독서를 할 때는 되도록 익숙한 것들로부터 끝없는 공상거리를 찾아내는 이들의 시선으로 보려고 노력하곤 했다. 머리로는 그럴 수 있다고 생각했다. 실제로도 그렇게 하는 사람들을 자주 보았다! 그러나 발상의 전환은, 어디쯤에서는 반드시 이루어야 할 방향 전환은 누군가의 도움 없이 나 혼자 할 수 있는 게 아니었다.

아내는, 살덩이는 다 이어져 있다는 말을 하곤 했다. 살과 피로 이루어진 모든 것은 서로를 거울삼을 수 있고 상대의 느낌을 즉각적으로 함께 느낄 수 있으며 간혹 다른 이에게 자신과 같은 감정을 느끼도록 강제할 수도 있다면서.

B와 C를 잇는 다리에서 근무하는 요금소 직원은 아내를 알고 있었다. 믿기지가 않았다. 남자는 아내의 공연을 본 적이 있다고 했다. 자초지종은 이렇다. 우리는 일단 요금소를 지나친 후 갓길에 차를 세우고 걸어서 돌아갔다. 돌이켜 생각하면 흔한 행동은 아니었고, 직원 입장에서는 바짝 긴장했을 법하다. 그래도 우리는 서로 호감을 가지고 대화를 시작해서 순조롭게 이어갔다. 내가 먼저 우리가 하는 일과 앞으로 할 일을 설명했

다. 요금소 직원은 뭐랄까, 그 말 그대로 옮기자면, 동료 의식을 느낀다면서 기쁘게 말장단을 맞춰주었지만 간간이 요금을 징수하기 위해 대화를 중단해야 했다.

저분들과도 말씀을 나누시겠어요? 그는 통행자들을 가리키며 물었다.

저분들은 댁으로 방문드릴 수 있을 거예요, 나는 대답했다.

먼 데 사는 분들이면요?

행선지가 어디든 모두 늦지 않게 만날 수 있을 겁니다. 서두를 필요 없어요.

내가 그에게 신분증을 보여주자 그 남자는 아내의 이름을 찾아냈다. 그렇다, 특이한 이름이었다. 그러더니 아내의 이름을 소리 내어 읽었다. 내 아내였어요, 내가 말했다.

예, 하지만 정말 그분입니까? 그분은…….

예, 생각하시는 그 사람이 맞습니다.

남자는 나와 아들에게 이야기를 들려주었다. 바이나우 대극

장에서 아내를 본 이야기였다. 저와 만나기도 전의 이야기네요, 내가 말했다. 우리가 만났을 무렵에는 그런 일을 다 그만둔 뒤였어요. 남자는 바이나우의 화려한 극장과 아내의 공연을 회상하다가 자기도 모르게 너털웃음을 터뜨렸다.

나는 아주 조용하게 다음 말을 기다렸지만, 남자는 아무 말도 하지 않고 그저 나를 빤히 쳐다보며 웃음 짓고 또 지을 뿐이었다. 남자는 미소를 머금었다. 눈을 감았다. 눈을 떴다. 그리고 또 미소를 지었다. 나와 아들은 통행요금소의 싸구려 나무 판자 벽에 기대어 기다렸다. 땅바닥에 똥 더미가 있었다. 개똥 같았다. 아들은 똥을 들여다보고 있었다. 파리들이 꼬여 흡사 장식용 핀 머리에 헤아릴 수 없는 천사들이 날아다니고 있는 듯했다.

직원은 생각을 말로 옮길 준비가 되었는지 입을 달싹거렸다. 버릇이었다. 덕분에 듣는 사람은 그가 어렵사리 내뱉는 말에 대비할 수 있었다.

그래서 어땠나요? 나는 결국 묻고 말았다.

아내분의 광대놀음은 소문으로 들어 알고 있었어요, 그가 털어놓았다. 당시에 아주 유명했죠. 처음에는 무명이었지만요. 정말 아무도 몰랐는데 갑자기, 이름을 날렸어요. 저는 신혼이었고, 일하는 가게 윗집에 살고 있었습니다. 우리는 가난했고 시간에 쫓기고 있었죠. 공적인 자리에 입고 나갈 마땅한 옷도 없었고요. 이야기가 진행되면서 요금소 직원의 얼굴이 우울해졌다. 선생님도 젊을 때가 있었으니 잘 아시지요? 하지만, 그래도 저는, 그러니까 약혼자와 저는 공연을 보러 가야 한다고 생각했어요. 그런데 공짜였습니다. 애초에 무료였대요. 알고 보니 부인께서 무료 공연을 고집하셨다고요. 광대라는 건 알았지만 그 방식은 분명하게 와닿지 않았어요, 심지어 지금도 잘 모르겠어요. 선생님은 분명하게 이해하시나요? 아닐 것 같은데요. 놀라운 퍼포먼스였습니다. 선생님의 부인께서 표현한 인생의 느낌은…….

그는 앞뒤로 느릿하게 서성거렸다.

이걸, 제가 까맣게 잊었나 봐요, 그가 말했다. 마지막으로 그일을 떠올린 지 오랜 세월이 지나서요. 하지만 그래요, 여기있어요. 다시 생각나요.

우리는 기다렸다.

삶의 표현은, 제가 이 두 팔과 다리로 그러모아 감당할 수 없으리만큼 강렬했습니다. 공포스러울 정도였죠. 있잖아요, 사람의 몸에 뭐가 깃들었는지 궁금하더라고요. 어떻게 살아 움직이는 걸까? 어떤 방식으로? 관객 한 사람을 무대 위로 초대한 다음에 둘 중 누가 먼저 움직이는지 모를 정도로 완벽하게 따라 하더라고요. 모방이 완벽한 나머지 대상이 된 사람은 갑자기 허공에서 거울이 솟아났다는 최면에 걸릴 지경이었죠. 결국 관객은 도망치려고 버둥거리게 되죠. 어떻게든 자기에게 일어나는 일을 멈추려고 달아나려 하지만, 그때쯤이면 그녀가 모든 것을 완벽하게 이해하고 있었기에 뭘 하고 있느냐는 이미 중요하지 않았죠. 신문에서는 텔레파시 능력자, 아니 신체 감응자라고 불렀어요. 마음이 아닌 몸으로 텔레파시를 쓰는 사람이라고 말이죠.

남자의 목소리가 잦아들었다. 우리는 땅만 보고 있었다.

하지만 정말입니까, 그가 입을 열었다. 정말 선생님의 부인이었나요?

나는 그렇다고 답했다.

어떤 사람이었습니까?

나는 그 얘기는 하지 않겠다고 했다.

남자는 말했다. 우리는 비슷한 나이가 틀림없어요. 우리 아들과 선생님 아들도 또래고. 그러더니 이런 아들을 낳을 줄은 몰랐는데, 엄마는 광대고, 아들은, 뭐, 저렇고, 우습군요.

나는 아무 말도 하지 않고 자리를 떠날 채비를 했다.

남자는 화제를 돌렸다. 여기서 북쪽으로 가면, 사람들이 생각만큼 친절하지는 않을 테니까 조심하셔야 할 겁니다.

그러더니 내 말을 증명할 만한 게, 이를테면 아내와 함께 찍은 사진 같은 것이 있느냐고 물었다. 물론 보여주지 않으셔도 됩니다만, 기억을 되살릴 때 확신을 갖고 싶을 뿐이죠. 안 됩니까?

나는 지갑에서 사진을 꺼내 보여주었다. 남자는 못마땅하게 바라보았다.

이 사진에서는 많이 늙었네요. 남자가 말했다. 훨씬 나이가 들었어요. 제가 기억하는 모습과 달라요.

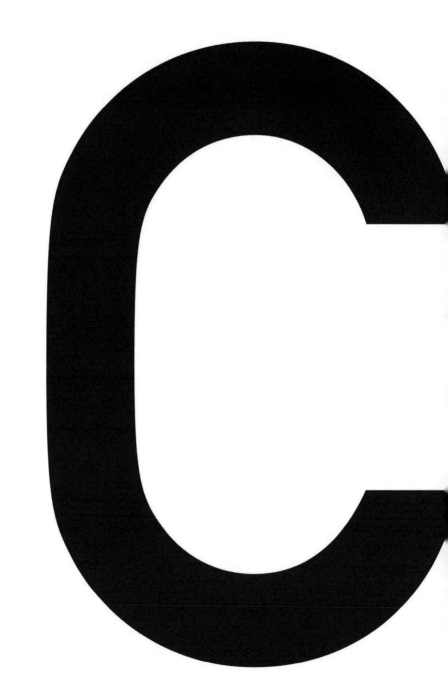

우리가 떠난 날, 우리가 출발한 날, 처음으로 한파가 찾아왔다. 아들은 달력이 걸려 있는 문 옆에 서 있었고 나도 거기에 섰다. 우리는 달력을 바라보았고, 나는 그걸 넘기며 각 장마다 글자 하나를 말했다. 아들에게 읊조렸다. 이 달에 우리는 H와 J와 M을 통과할 거야. 그리고 이 달에는 P와 S와 T. 나는 종이를 한 장 가져와 우리가 갈 길을 그렸다. 그림은 가을과 겨울을 헤치고 봄에 나왔다.

만약 여행 중에 봄을 맞게 된다면 자긴 여분의 안경을 갖고 싶다고 아들이 말했다. 나는 그 의견에 동의했다. 여분의 안경이라, 좋은 생각이었다. 그런 생각은 내가 미리미리 해뒀어야 하는데.

그런데, 언제쯤 봄이 올까?

넌 벌써 봄이었으면 좋겠다고 생각하는 거니? 내가 물었다.

아니, 아니, 아니. 아들은 자기 코트 자락을 들어 보였다. 코트의 계절을 열망한다면서. 아빠도, 내가 말했다, 코트의 계절을 좋아해. 하지만 네가 자라면 너도 뼈가 시리다는 걸 알게 될 거란다. 예전처럼 따뜻하지가 않아.

우리는 내가 늙어빠졌다며 함께 웃었다. 할아버지만큼 늙었어. 아들은 그렇게 말했다.

그 애는 달력을 우리가 언젠가 돌아올지도 모를 봄의 달에 둔 채로 떠나고 싶어 했다.

그래서 다시 한 번 일러주었다. 우리는 다시 돌아오지 않을 것 이라고. 우리는 이 집을 영영 떠나는 거라고.

아이는 울기 시작했다.

우리는 이 집을 영영 떠나는 거야. 기억 안 나?

다음에 도착한 마을은 C를 구성하는 군락들 중 세 번째였고, 거기서 우리는 작은 수레를 끄는 한 여자에게서 신선한 빵을 샀다. 여자는 점심을 운하 둔치에서 먹는 게 좋을 거라고 말해주었고 나는 그러기로 한다. 여자는 홀링이라는 남자가 운하를 지었는데, 건설을 도운 그의 애인 브릭스는 설계를 맡았다고 했다. 아주 오래전, 옛날에는 그들이 도로 위쪽에 살았다. 그들이 쓰던 스튜디오도 아직 보존되어 있다. 남자 두 명이 함께 사는 게 힘든 시대였다고, 여자는 덧붙여 말했다. 하지만 워낙 운하에 통달한 전문가라 그들의 설계안이 채택되었으며 (그즈음 이미 공사를 시작한) 운하를 완공하려면 그들의 감독이 필요했다. 그래서 사람들은 혼란을 삼키고 그냥 내버려두었다.

나는 그런 일을 겪은 위인은 한두 명이 아니라고 답했다. 그리고 농담 삼아 말했다. 실제로 여자도 아주 많았을 겁니다. 본인이 여자였을 수도 있고, 아내가 내조로 위인을 만들고 대신 모든 일을 다 해주었을 수도 있어요, 어쩌고저쩌고.

하지만 여자는 내 말을 제대로 듣지 않았고, 제대로 이해한 것 같지도 않았다.

다시 한 번 말해줄래요? 방금 말한 거 다시 말해줄래요?

위인들이 했다고 하는 일을 실제로 그들이 하지 않은 경우도 있어요. 다른 사람이 대신해줄 때도 있었거든요.

말하기는 참으로 혼란스러운 일이다.

우리는 그 스튜디오로 갔다. 스튜디오는 닫혀 있었으나 아주 작은 글씨가 쓰인 커다란 황동 명패는 남아 있었다. 홀링이 둘 중에서는 좀 더 전통을 고수하는 쪽이었던 모양이다. 홀링은 황금비와 고전적인 선들을 선호했다. 명판의 해설에 따르면 브릭스가 홀링보다 훨씬 연하였고 동물 내장이나 폭격으로 폐허가 된 풍경 사진들, 불안증을 앓는 아이들의 장난감 같은 특이한 형태들에서 자주 영감을 얻었다. 운하의 가장 큰 특징은 어떻게 봐도 곧지 않다는 점이었다. 따로 떨어져 있는 거주지들을 연결하면서 툭 튀어나온 지형을 가로지르고 감아 돌기 위해서였다. 물길이나 바다를 잇고 배를 이동시키는 운하가 아니었다. 바지선에 물건을 싣고 나를 수 있게 만드는 게 중요했다. 아니나 다를까, 브릭스의 머리에서 나온 조금 이상한 처방은 마을과 마을 사이를 흐르는 운하를 따라 끝에서 끝까지 과일나무를 심자는 것이었다. 몇백 킬로미터를 그늘 길로 걸었다는 헤로도토스의 고대 도시 묘사가 떠올랐다. 북아프리카의 도시였다. 그러니까 그늘은 축복이었으리라.

아들은 나무를 심는다는 생각을 아주 좋아했다. 내가 그 나무들은 이미 잘리고 없다고 했더니 아들은 잠시 저만치 가더니 내 곁에 돌아오지 않겠다고 고집을 피웠다.

내가 나무를 자른 것도 아닌데.

명패에 그림이 그려져 있었다. 브릭스와 홀링이 벤치에 앉아 서로 안고 있는 모습의 조각상 같았다. 실존하는 조각상인지는 모르겠다. 우리에겐 조각상을 찾아볼 여유가 이미 없었다.

우리는 치즈 한 덩이와 단감(그리고 빵)을 들고 운하로 내려갔다. 여자의 말대로 아름다웠다. 우리는 수문 옆에 앉았다. 운하 전체가 몹시 기능적인데다 관리도 잘되어 있었다. 운하의 수문은 전에도 대여섯 번 본 적이 있지만 어김없이 제분소 같은 인상을 받게 된다. 꼭 커다란 기계의 안에 들어가거나 테두리에 걸쳐 있는 기분이었다. 말이 안 되는 건 알지만 흡사 시계 속에 들어간 느낌.

아들은 손을 수문에 대더니 이내 타고 올라갔다. 그 자세로 사진을 찍어달라고 하기에 그렇게 했다. 아들은 엉덩이를 가볍게 세우고 손을 옆구리에 갖다대는 총사 같은 포즈를 좋아했다. 몹시 19세기적인 이런 포즈를 취하는 건, 아들이 그 영웅적인 시대를 사랑하기 때문이다. 아들은 카메라 앞에서 자세를 취했다. 사진 찍는 재주는 없지만 이 사진만큼은 완벽하리라는 생각이 들었다. 빛이 내 어깨 너머로 흘러 들어오고 있었고 아들의 소매는 붓으로 찍어 바른 듯 빛나고 있었다.

아, 그날 점심과 단감에 대해 할 말이 또 있다. 우리 아들의 성격을 설명하기 위해 덧붙이겠다.

내가 잠시 눈을 돌린 틈을 타 아들은 단감을 한입에 삼켜버렸다. 나는 그게 못마땅해 잔소리를 시작했다. 아이가 못되게 굴고 있다고 생각했다. 하지만 금세, 단감은 눈길을 떼는 찰나에 집어 들고 한입에 다 먹어버리는 사람의 몫이라는 생각이 떠올랐다. 얌전히 앉아 제 몫을 챙겨주길 기다리는 사람들에게는, 애초에 맞지 않는 음식이었다. 좋은 교훈이다. 우리는 침묵 속에서 빵과 치즈를 씹어 삼켰다.

날이 추웠고 수문의 나무들 옆에 죽은 덩굴들이 남아 있었다. 우리가 인구조사를 시작했을 때가 이미 연말이었다는 말을 내가 했던가? 그렇게 첫머리를 시작했더라면 더 나았을지 모르겠다. 이를테면 우리가 인구조사를 하려고 북쪽 지역으로 갔을 때는 이미 한 해가 저물고 있었다, 라든가.

하지만 그건 지나치게 극적이다. 나는 좀 더 평범하게 다루고 싶었다. 별 볼 일 없이 흘러갔다고 말할 수 있을 만큼 평범하길 바랐다.

어쨌거나 날씨는 추웠고, 우리는 거의 항상 코트를 입고 다 녔다.

저녁이 되고 16킬로미터쯤 더 떨어진 집에 도착해서 놀랍게 도 한 번 만난 적이 있는 여자를 다시 마주쳤다. 아까 우리에 게 빵을 판 여자였다.

그래요, 또 저네요. 여자가 말했다. 먼 길을 오셨네. 도로가 빙 빙 돌아서 제자리로 온다니까.

혹시 여기가 빵을 굽는 장소인가요?

그럼요. 다른 데 어디서 빵을 굽겠어요?

우리를 집 안에 들일 처지가 아니라고 해서 모든 일을 입구에 서 해결해야 했다.

끝났어요? 당신들, 이제 가는 거예요?

여기 혹시 다른 사람이 살고 있습니까?

아니, 아무도 없어요.

분명히 소리를 들은 것 같았는데.

아마 내 말소리였을 거예요, 혼잣말을 자주 하니까.

뭐라고 말씀하고 계셨습니까?

아니, 알면서. 혼자 있을 때 그쪽도 다 해봤을 만한 얘기지요.

아들은 내가 우리 부모님에 대해 떠들며 두 분의 인생 이야기를 해주면 좋아한다. 아이는 제 할머니와 할아버지를 만나고 싶다고 했지만 한 번도 만나지 못했다. 그래서 우리가 두 분을 만날 수 있는지 가끔 물어보곤 했다. 돌아가셨어, 이제 어디에도 안 계셔, 나는 항상 대답했다.

아들은 그 부분엔 관심이 없었다. 아이에게 우리 부모님은 내가 이야기를 할 때는 어딘가에 존재했다가 이야기가 끝나면 사라지는 존재였다. 참 단순하게도.

내가 아들에게 해준 이야기 중에 우리 아버지의 모자 이야기도 있었다. 우리 어머니는 그 모자를 싫어했다. 그래서 그 모자를 없애버리고 싶어 했지만 아버지는 결사적으로 어머니한테서 모자를 지키고 어머니가 모르는 곳에 숨기고 어딘가 멀리 두었다가, 함께 외출할 때가 되면 그 모자를 쓰고 나타나곤 했다.

모자는 중절모였다. 그저 평범한 중절모였는데 어머니가 그걸 왜 싫어했는지 모르겠다.

그럼에도 어머니는 결국 복수에 성공했다. 어느 날 어머니는 아버지가 나가 있을 때 그 모자를 발견했다. 아버지가 주도면밀하지 못했던 것이다. 어머니는 모자의 정수리 부분을 가위로 싹둑 잘라냈다.

아버지의 반격은 가끔 마당에 그처럼 우스꽝스럽게 절충안이 되어버린 모자를 쓰고 나와서 신문을 읽는 것이었다. 그 모자는 내 아들이 물려받아 가끔씩 쓰곤 한다. 우리는 함께 크게 웃는다. 가위로 자르는 손동작을 하면서 웃고 또 웃는다.

인구조사를 한다는 것은 가끔 목적을 위해 말싸움을 해야 한다는 뜻이기도 하다. 모두가 순순히 동의해주지는 않는다. 몸에 표식을 남겨도 좋다고 허락해주지 않는 사람도 있다. 멀리 외곽으로 갈수록 저항은 더 심해진다. 아니, 그렇게 느껴지는지도 모른다.

사실 나는 사람들을 구슬리는 좋은 방법을 찾았다. 도로를 따라 끝도 없이 이어진 인구조사원의 행렬이 찾아오는 그림을 머릿속으로 그려보라고 한다. 그 수많은 인구조사원과 일일이 언쟁을 벌이는 상상을 하도록 한다.

그 수많은 인구조사원이 모두 옆구리에 표식을 남기고자 하겠죠. 물론 인구조사원 한 사람 한 사람과 싸워서 포기하게 만드는 건 쉬운 일일지도 모릅니다. 하지만 몇 명까지 싸워서 돌려보낼 자신이 있습니까? 그러니까, 그냥 이쯤에서 끝내는 게 어떻습니까? 그게 제일 나을 텐데요.

사람들이 내 말을 못 믿을 경우에는 더 상세하게 들어간다. 이렇게 운을 뗀다. 제가 태어난 곳에서는 저 같은 애가 몇천 명쯤 있었습니다. 저처럼 어린 아이들이 줄지어 앉아서 전부 한 가지만 배우면서 유년기를 보냅니다. 인구조사를 가장 효율적으로 하는 방법만 배우는 거죠. 우리는 아무도 사랑하지 않고, 아무도 알지 못합니다. 파도처럼 파견되어서, 파도처럼 풍경을 따라 여행하면서 손길이 닿지 않은 마지막 한 곳에까지 손길을 뻗고, 아무도 보지 못한 마지막 한 가지까지 눈에 담습니다. 올 한 해에만 제게 주어진 경로가 다른 100여 명의 인구조사원에게도 주어졌습니다. 제가 인구조사를 하러 오는 첫 번째 사람일 수는 있어도, 제가 마지막일 수는 없습니다. 장담해요. 이 조사는 앞으로 20년간 계속하게 되어 있어요. 그러니까 그 긴 시간 동안 2,000명쯤 되는 인구조사원이 저 도로를 따라 내려와서 당신의 허름한 오두막 앞에 멈춰 서서는 그 부서진 나무틀을 두드려 당신을 불러내어 당신이 누군지 설명하게 할 거란 말이죠. 조사가 계속될수록 상황은 더 나빠질 겁니다. 인구조사원들은 더 냉혹해지고 잔인해집니다. 일하는 환경이 더 잔혹해지거든요. 모든 것이, 정말 미미한 것까지 모든 것이 더 안 좋아집니다. 아마 제 선에서 일을 끝내는 게 나을 겁니다. 그 모든 사람 중에서 제가 가장 친절한, 아니 가장 친절하진 않을지 몰라도 당신이 만나는 이들 중엔 가장 친절한 인구조사원일 테니까요. 저보다 더 배려심이 깊은 인구조사원은 없습니다. 그러면 나중에 다른 이들이 찾아왔을 때 당신은 이미 조사를 진행한 사람이라 말하면 되고, 그럼 그들은 기꺼이 제 갈 길을 갈 겁니다. 아무도 당신에게 말을 걸지 않을 겁니다. 다시는.

논리적으로 괜찮은 주장인지는 자신이 없으나, 꽤 설득력이 있는 건 확실했다.

처음 이 논리를 생각해냈을 때, 나는 그 진실성에 약간의 걱정을 품고 있었다. 적어도 내가 아는 한 이 지역에 파견된 다른 인구조사원은 없었고 앞으로도 없을 것이다. 하지만 이 문제를 형이상학적으로, 또 은유적으로 생각해보고 나서 도달한 결론은, 사람마다 세상에 보여주고 싶은 자기 모습이 있기 때문에 누군가가 (우리 모두에게 깔려 있는) 근본적인 인간 혐오로 인해 인구조사를 거부한다면 그건 자기 손해일 따름이라는 사실이다. 얼마나 슬픈 일인가! 그러면 그 사람은 그저 언젠가 올지도 모를 다른 인구조사원을 하염없이 기다리는 수밖에 없다. 그러니 나는 참의 역을 진술했을 뿐이고, 지옥의 경구에 따르면 정리의 진실성은 역의 진실성과 동일하다.

만약 어떤 사람이 끝까지 조사를 받아들이지 않고 완강하게 거부한다면, 어떤 식의 참여도 싫다고 한다면, 그 거부가 일어난 장소를 지도에 작게 표시한다. 표식을 남기는 행위는 내게 강렬한 만족감을 주고, 또한 센서스 작업 자체에 대한 커다란 애증을 느끼게 한다. 이 일이 어떻게 흘러가건 나는 절대 불만족스러워하거나 지치지 않을 것이다.

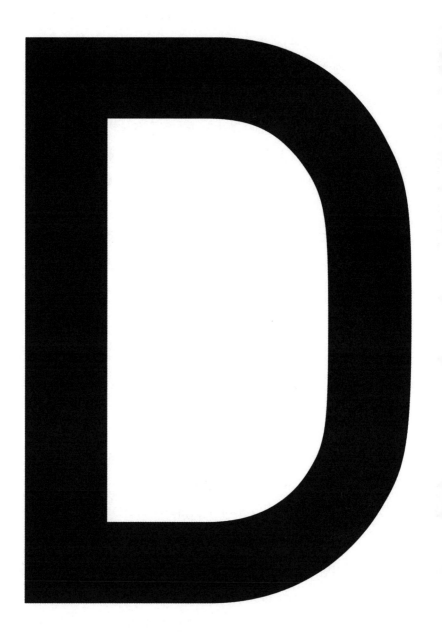

운전할 때 노래하는 것은 우리 가족의 전통이다. 우리는 라디오가 설치된 차를 한 번도 가져본 적이 없기 때문에 그렇게 노래를 불렀다. 라디오를 설치하면 차가 더 비싸진다. 아니, 적어도 예전에는 그랬다. 그래서 우리는 라디오가 없는 상태에 익숙해졌다. 내 생각에 자동차란 기계로 된 노새 같은 거다. 느리고도 믿음직스럽게 당신을 원하는 곳으로 데려다준다는 얘기다. 그러니 자동차가 군이 빨리 달릴 필요가 없다. 노새만큼 아름다울 필요도 없다(나는 노새의 생김새를 좋아한다). 그걸 차치하면 자동차와 노새는 대체로 큰 틀에서 같아야 한다. 그런데 노새를 타고 노래하는 사람이 있다면, 누가 보나 라디오 달린 노새를 타는 사람보다 나은 상황이 아닐까?

D로 진입하는 도로를 타고 내려오면서 나와 아들은 노래를 부르고 있었다. D가 막상 나타나자 나는 은근히 두려우면서도 한편으로 기대감에 설렜다. D의 위치를 정확히 알지 못했기 때문에, 막상 차를 몰고 들어가는 순간이 닥치자 마음의 준비가 되어 있지 않았다. 사실 우리 아버지는 D 출신이다. 여기가 아버지가 유년기를 보낸 시골이었다. 아들은 목이 터져라 노래를 부르고 있었다. 버터로 만든 소에 대한 노래였는데, 사실 이 소는 노래 안의 어떤 인물을 속이기 위해 만들어낸 속임수다. 원래 노래 자체가 몹시 시끄럽게 부르게 되어 있다. D로 내려가는 길목에서 조용히 좀 하라고 주의를 줬지만 아들은 콧방귀도 뀌지 않았다. 그러면 달리 도리가 없었

다. 나는 30년 전 아버지가 내게 해준 말을 기억해내려 애쓰
느라 정신이 없었다. 하지만 거의 다 잊혔는지 잘 떠오르지 않
았다.

특별할 것 없는 동네였다. 어찌 보면 아득한 옛날, 말을 타고
황야를 달리던 이들이 도시를 지나치며 느꼈던 마음이 이해
되기도 한다. 보잘것없는 마을을 보면 어중간하고 옹졸한 장
소에 다짜고짜 불을 지르고 두개골을 첩첩이 쌓아올리고 싶
은 욕망이 가슴속에서 고개를 든다. 당신이 기다려온 장소가
눈앞에 당신을 기다리며 펼쳐져 있는 꿈. 그게 바로 여행자의
꿈이다.

그러니 당신이 갈망한 계곡 대신 이런 짝퉁 같은 허름한 동네
를 발견하게 된다면 어떨까. 자, 불을 질러라, 불을 질러라! 두
개골을 쌓아올려라!

나의 경우에는 아버지한테서 이미 이 소읍에 대해 꽤 많은 이
야기를 들어 익히 알고 있었다. 그러나 딱히 이 소읍을 특별히
알고 싶고 배우고 싶다는 마음은 없었다. 어린 마음에 그저 시
골에 대한 일반적인 관심이 좀 있었을 뿐이다. 그래서 아버지
말씀을 들으면서도 그 정도의 앎에 그쳤다. 그러니 이제 와서
아버지가 했을지 모를 이야기까지 모두 기억해내려고 애써봤
자 아무 소용이 없었다. 내 안에서 이 마을에 대한 정보는 전

부 통상적인 틀 안에 박혀 있었다. 내가 가진 *마*을이라는 개념에서 벗어나야 아버지가 말한 바를 이해할 수 있을 터였다. 결코 쉬운 일이 아니었다.

아니면, 그 마을이 그냥 저절로 내가 들은 이야기 속의 마을을 떠올려주기를 바랄 수도 있었다. 그러나 슬프게도 그런 일은 일어나지 않았다.

어쨌거나 D는 소도시였으므로, 우리는 며칠간 머물며 이 집 저 집으로 옮겨 다녔다. 약 240명이 살고 있다고 했으므로 우리는 꽤 바빴다.

아무리 별 특징 없는 소읍이라 해도 사람들은 여전히 그곳에 살고 있었다. 인구조사를 하다 보면 조사원은 자기가 만나는 사람들에게서 가장 특별하고 고유한 자질을 이끌어내는 능력이 부족함을 깨닫기 일쑤다. 센서스는 바로 그런 작업을 요구하기에, 면접 질의를 통해 개인의 본질을 잡아내지 못한다면 결정적인 실패로 여겨져 자꾸자꾸 뇌리에 떠올랐다. 내가 대화를 통해 각 개인이 어떤 면에서 특별한지 알아내야 데이터가 나를 통해 인구조사국으로 흘러 들어가고, 인구를 구성하는 개인의 특질들로부터 소정의 총량이 도출되어 다른 모든 나라와 차별되는 이 나라의 고유한 특질을 알리고 느끼게 해줄 수 있다.

불꽃이 튀었던 첫 번째 사람은 이틀째에 찾을 수 있었다. 두 번째와 세 번째는 나흘째에 찾아냈다. 첫 번째 인물은 네모난 낮은 집에 살고 있었다. 이끼에 완전히 뒤덮인 분수대가 있었다. 우리는 문을 두드렸다. 덥수룩하니 풍성한 검은 수염을 지닌 남자가 문을 열어주었다. 나는 용건을 설명했다. 그러자 남자는 탁자가 빼곡하게 놓인 커다란 방 안으로 우리를 안내했다. 모든 탁자에 나무 퍼즐, 절삭공구, 나무판자, 말뚝, 연마 도구, 페인트와 붓, 실뭉치, 와이어와 라켓줄 등이 한가득 쌓여 있었다.

저는 공예가입니다, 남자가 설명했다. 나무 퍼즐을 만드시나 봅니다. 예, 그렇습니다.

그 나무 퍼즐들은 아름다웠지만 내 능력으로는 도저히 풀 수 없었다. 나는 퍼즐 풀기에 영 재능이 없었다. 아마 초반에 쉽게 포기하기 때문일 것이다. 최초의 지점, 모든 힘을 끌어모아 힘찬 출발을 해야 할 때, 그때가 내가 포기해버리는 시점이다. 그 시점에 이미 나는 옆의 누군가에게 퍼즐을 건네주고 있거나, 더 슬프게는, 가장 비효율적인 방식으로, 이를테면 퍼즐을 풀 생각은 전혀 없이 누군가가 다른 사람의 눈치를 보며 일종의 관심을 연기하는 방식으로 퍼즐을 무심하게 만지작거릴 뿐이다. 가끔, 아주 가끔씩 쓸데없이 깨작깨작 퍼즐을 만지다 우연찮게 정답을 찾아 들어가게 될 때가 있다. 퍼즐의 첫 단추가 스르륵 저절로 끼워진다. 그러면 지켜보는 누군가가, 퍼즐을 풀고 싶어 하는 다른 사람이, 그런 상황에서 으레 그러듯 해답에 한 걸음 가까워졌음을 확인하려고 내 퍼즐에 손을 뻗게 마련이다. 여기서 나는, 퍼즐을 다시 받아와서 직접 퍼즐을 푸는 게 아니라(그런 상황에서는 가장 적합한 반응이리라) 오히려 타고난 능력 부족을 시인하며 즉시 퍼즐을 건네주는 반응을 보인다. 그렇다, 머릿속에서 퍼즐이 풀리든 말든 나는 퍼즐을 건네주고 만다. 내가 평생 외과 의사로 일했을 뿐 아니라 지역 병원 과장을 꽤 오래 맡았다는 사실을 생각해보면, 이런 반응은 더욱 터무니없다. 나는 인간에게 시술 가능한 거의 모든 종류의 수술에 관여해서 대부분 성공했다. 그러나 퍼즐 앞에 서면 내 투지는 제자리걸음을 한다.

퍼즐을 제작하는 남자에게 그런 말은 한마디도 하지 않았다. 내가 상념에 잠긴 사이 남자는 서로 다른 퍼즐을 만지며 방 안을 돌아다니는 내 아들을 골똘히 보고 있었다.

제가 저 친구에게 말을 걸어도 되겠습니까? 귀찮게 하는 건 아니겠지요? 말을 알아들을 수 있나요?

예, 그럼요. 나는 답했다.

그러니까, 경기를 일으키거나 하지는 않겠지요?

아뇨, 그럴 일은 없습니다. 그냥 해보시죠.

남자는 아들에게 다가가 말을 걸었다. 남자는 아주 크게 손짓 발짓을 하며 과장된 표정을 지었다. 두 사람은 함께 꽤나 재미 있게 퍼즐을 구경하는 듯싶더니, 남자의 작업실로 들어가서 는 더욱더 즐거운 시간을 보냈다. 남자는 아들이 도와줄 만한 일을 몇 가지 찾아서, 내가 인구조사를 다니는 동안 아들을 조 수로 삼았다. 아들은 작업장에서 일을 도왔고, 그 대가로 떠날 때 드릴 비슷한 것을 받아왔다. 어디에 쓰는 드릴인지는 알 수 가 없었다. 아들도 몰랐다. 어쩐지 '모르는 것'이 퍼즐 조각가 의 가게를 상징적으로 보여주는 느낌이었다. 물론 우리 아들 이 그 가게에 대해 가진 관념은 나와 아주 달랐을 것이다. 나 는 고작 한 시간 정도밖에 그곳에 머물지 않았으니까.

어찌 되었건 나는 조사를 하며 거리를 오르락내리락하다가 두 명의 가출 청소년이 사는 지하에 다다르게 되었다. 가출 청 소년이 셈에 들어가야 하는가에 대한 논쟁에서 어떤 이들은 그렇지 않다고 답할 터이지만, 나의 견해는 달랐다.

남자아이는 말이 빨랐다. 자기 아버지가 경매인이라서 그렇다고 말했다. 우리 아빠가 경매인이거든요, 그래서 이래요, 이런 식으로 말하시거든요, 소년은 번개 같은 혓바닥으로 그렇게 설명했다. 옆에서 여자아이가 언제든 문제가 생기면 소년이 전부 다 설명할 수 있다고 말했다. 그래서 나는 그건 굉장히 유용한 기술이라고 대답했다.

여자아이는 백조를 닮았다. 나는 눈을 가늘게 뜨고 다시 보았다. 그렇다, 정말로 백조 같았다. 폴리 본Polly Vaughn이라고 부르고 싶다고 소녀에게 말했다. 전혀 못 알아듣는 소녀에게 설명을 해주었다. 폴리 본이라는 여자애가 앞치마를 두른 채로 야외로 나가 덤불숲에 앉아 있었는데, 그 모습을 본 애인이 백조라고 착각해서 총으로 쏘아버리는 바람에 살인죄로 재판을 받게 되었다고. 영국 어디였을 거야, 아마. 그다음엔 어떻게 됐는데요? 소녀가 물었다. 글쎄, 그 청년은 도망치고 싶어 했지만 삼촌이 충고를 했단다. 재판이 끝날 때까지는 국경을 넘지 말라고, 백조를 죽인 죄로 처형되진 않을 테니. 하지만 폴리 본은 백조가 아니었잖아요, 소녀가 말했다. 맞아, 아니었지. 내가 말했다.

나는 한 번도 그 노래가 표현하는 입장에 동의할 수 없었다. 하지만 삼촌 말의 진의는 백조든 여자아이든 실질적으로는 아무런 상관이 없고, 어쨌든 청년은 무죄 선고를 받을 거라는 뜻이라고 말하는 사람들도 있다.

아이들은 인구조사가 무엇인지 전혀 몰랐기 때문에 나는 처음부터 끝까지 다 설명해야 했다. 모든 사항을 짚고 넘어간 후 나는 그들에게 표식을 새겼다. 여자아이는 의연했지만 남자아이는 옆구리에 바늘이 자국을 남기는 순간 신음을 터뜨렸다. 나는 앞으로의 계획을 물었다. 그 애들은 내가 가는 곳과 반대 방향으로 갈 거라고 답했다. 요는, 어디든 가능한 한 많은 사람이 모여 있는 장소를 찾을 수만 있다면 그곳이 바로 그들을 위한 장소라고 했다. 그러면서 나에게 자기들의 여정에 조언을 해달라고 부탁했다. 나는 목적지에 도착하는 게 전부가 아니며, 거기에 가면 뭘 할지를 정해야 한다고 말했다. 남자아이는 단호하게 자기 말의 빠르기가 해결해줄 것이라고 했다. 그를 보고 있으니 어쩐지 그 말이 사실일지도 모른다는 생각이 들었다.

나는 우리 아버지가 75년쯤 전에 이 동네를 떠났으며, 그들이 생각하는 계획대로 실천해서 돈을 꽤 벌었다고 이야기해주었다.

여자아이는 줄곧 대화에 관심이 없었으나 그 말에 갑자기 끼어들었다. 그리고 우리 아버지가 어떻게 지내고 있느냐고 물었다. 그분이 어떻게 지내냐고? 순간 조금 혼란스러웠다. 이내 나는 돌아가셨다고 답했다. 그 대답에 소녀는 장래에 대해 조금 불편한 느낌을 갖게 된 눈치였다. 그래서 아버지는 세상을 떠나기 전에 꽤 오래 살았다고 말해주었다.

오, 소녀가 말했다. 언제 그렇게 되셨나요?

17년쯤 전에.

그들은 서로를 쳐다보았다. 무엇인지 모를 것이 그들의 눈에서 쏟아져 흘렀다. 두 사람의 눈에서 눈으로 폭포수처럼 흐르며 오갔다. 우리는 그때 아직 태어나지도 않았어요, 여자아이가 말했다. 17년 전이요, 남자아이가 말했다. 얘가 태어나기도 전이에요. 그리고 저, 저도 아직 태어나기 전이고요.

나는 할 가치가 있는 일들이 무엇인지 파악한 후, 그 밖의 일들은 모두 제쳐두고 그 일에 매진하는 게 중요하다고 말해주었다. 사람들은 너희에게 언제나 해선 안 되는 일들을 하라고 설득하려 들 거란다. 나쁜 조언들이 난무하는 끔찍한 기로에 서서 담판을 짓는 것, 그게 젊은 시절의 가장 큰 위험이지. 그거하고 자살.

소녀가 대답했다. 이미 알고 있다고. 소녀가 이미 깊게 생각하던 문제라고. 친구들 중 두 명이 이미 그런 식으로 세상을 떠났기 때문에.

남자아이가 입을 열었다. 요즘 애들에게는, 그가 말했다. 자살이란 사랑에 빠지는 것과 다를 게 없어요.

여자아이가 맞장구쳤다. 맞아요, 사랑에 빠지는 것 같은 거예요. 침실의 벽 한구석에 새로운 문을 그려놓고 그리로 발을 내딛는 것과 같죠.

말하자면, 요즘 내내 생각해본 건데, 문은 항상 거기 있는데 보지 못한 거죠.

소녀는 찢어진 게임용 카드를 갖고 놀고 있었다. 스페이드의 '8'이었다. 그러다 문득 올려다보았다.

하지만 저는 살아 있는 게 좋아요. 저는 스스로 계속 그 선택을 해왔어요.

소녀는 묘목장을 하는 이모한테서 식물에 대해 많이 배웠으니 뭐든 해볼 수 있지 않겠냐고 말했다. 이모처럼 소녀도 묘목장을 열 수 있을지 누가 알까. 묘목장에서 자라는 모든 식물은 마땅히 존재해야 하는 방식으로 존재한다. 그렇지 않다면 다른 식물의 생장을 방해하지 않도록 제거된다. 그럼요. 뭐든지 할 수 있어요. 식물과 꽃을 팔며 살 수 있을 거예요. 소년이 숨을 내쉬듯 작게 뭐라고 중얼거리자 여자아이가 그를 때렸다.

그건 아주 잠깐이지, 하고 소년이 말했다. 아주 잠깐.

소녀는 소년에게 뭐라고 속삭였다.

그곳에서 나와 밖으로 나섰을 때는 이미 어두워져 있었다. 추위 속에서 계단을 밟고 지하에서 올라왔다. 공기에서는 차가운 흙냄새가 났고, 주위는 쥐 죽은 듯이 조용했다. 뒤를 돌아보니 반지하의 깨진 유리창을 통해 서로의 곁을 지키는 그들의 모습이 보였다. 소녀는 무어라 말하며 자기 머리카락 사이로 손가락을 넣어 쓸고 있었다. 남자아이가 그녀의 얼굴에 손을 가져다 댔고 나는 그곳을 떠났다.

항상 어려웠다. 아들과 함께 이곳저곳을 다니는 일은. 나도 이곳저곳 돌아다니기를 정말 좋아하고 아들도, 아내도 여행을 정말 좋아했는데도 여행이 힘들었던 건 사람들이 아들을 대하는 태도 탓이었다. 아이스크림 가게에서 아이스크림을 사는 간단한 일마저 턱없이 힘든 일이 되기 일쑤였다. 우리는 가게에 도착해 줄을 서서 모든 일이 제대로 되어간다고 생각할 수 있다. 하지만 어김없이, 줄을 선 다른 사람들이 수군거리기 시작한다. 제대로 통솔되지 않는 아이들이 못살게 굴기도 한다. 아니면 물끄러미 아들을 쳐다보던 사람들이 아무짝에도 쓸모없는 야비한 질문을 던진다. 여전히 가게에서 아이스크림을 살 수 있을지는 몰라도 우리가 즐길 만한 상황은 이미 끝장이다. 그래서 우리는 다시 우리 차를 타고 집으로 돌아가고, 집 안에 들어가면 털썩 주저앉는다. 그럴 때 아들은 나와 아내만 그 감각에 파묻힌 채로 남겨두고 혼자 행복하게 뭔가를 하러 다른 방으로 들어가버린다. 나와 아내만 남아서 우리 인간 특유의 감정인 소외감이, 너무나도 완만하게, 또 넉넉하게, 그리고 또 철저하게 가슴을 적시는 그 속에 파묻히게 된다.

나이를 먹어갈수록 우리는 익숙해졌다. 어쩌면 좀 더 철면피가 되었는지도 모른다. 무신경해졌다는 뜻일까? 내 생각에는 그렇다. 모든 일에 무신경해졌다.

D에 있는 아이스크림 가게 앞에 아들과 함께 섰을 때 그런 생각들이 뇌리를 스쳤다. 아들과 함께 서서 20년 전의 고통스러운 사건을 상세하게 되짚었다. 여러 비슷한 사건과 마찬가지였기에 굳이 구체적으로 늘어놓을 필요도 없다. 딱히 특별한 것도 없었다. 인간이 잔인해지는 건 참으로 쉽다. 틈만 나면 서슴없이 저지른다. 인간은 잔인한 행각을 사랑한다. 제 딴엔 가소로운 권력을 휘두르는 기회니까.

D의 주민들은 아무도 우리 아버지를 기억하지 못했다. 아버지가 예전에 여기 살았다는 이야기를 꺼내면, 사람들은 보통 예전에 친했던 사람, 하지만 이제는 죽은 사람 중에서 우리 아버지를 알았을 만한 이를 언급했다. 그런 대화는 의미론적 교두보를 쌓는 것 같지만 실은 진행된 것이 아무것도 없고 앞으로도 없으리라는 점에서 훌륭한 대화 전략이라 하겠다.

인구조사 작업을 시작할 무렵 같은 꿈을 세 번 꾼 적이 있다. 어린 시절 이후로 처음 있는 일이었다. 세 번의 꿈 모두 정확히 같은 내용이었다. 처음엔 방금 일어선 것 같은 느낌으로 시작된다. 방금 일어섰고, 장소는 거실이다. 등 뒤에 앉아 있는 사람들이 있다. 서너 사람쯤. 워낙 잘 아는 사람들이라 오히려 자세히 구분되지 않는다. 누가 문을 두드려서 문 쪽으로 간다. 노크 소리가 점점 커진다. 몇 개의 방을 거치고 복도를 따라 내려간다. 이제 노크 소리는 믿기 힘들 정도로 시끄럽다. 금세라도 문을 부술 듯이 시끄럽게 두드려댄다. 하지만 두렵지는 않다. 잠금장치를 풀고 문을 연다. 누군가가 문 앞에 서 있다.

꿈속에서 그곳에 서 있는 사람은 아들이지만, 나는 내가 아니다. 아들은 나를 모른다. 아마도 나도 그 아이도 서로를 알지 못하며, 누군가가 다른 사람을 찾고 있는 듯하다. 그런데 그 꿈에는 소리가 없다. 나중에야 꿈에 아무 소리도 없다는 사실을 깨달았다.

소리가 없는 꿈이라면, 어떻게 노크 소리가 났을까? 심사숙고한 끝에 내린 결론은, 공기의 느낌 – 쇠가 문에 부딪힐 때마다 공기가 몸서리치는 느낌이었다는 것이다.

우리가 어떻게 그토록 빠르게 지역을 옮겨 이동했는지 궁금할지 모르겠다. 보통 인구조사란 말 그대로 가가호호 찾아다니는 것을 의미한다. 하지만 솔직히 말해서 우리는 초반부터 그러지 않았다. 인구조사원 일을 태업했다는 말은 아니다. 오히려 훨씬 깊고 진지하게 받아들였다. 내가 하려는 말은 다음과 같다. 진지한 태도를 취하자 인구조사원의 일이 어떤 것인지 한층 선명하게 파악할 수 있었고, 이는 우리가 인구조사를 위해 모든 집을 방문할 필요는 없다는 자각으로 이어졌다고.

불행히도 아들에게는 이미 한 집도 빠짐없이 전부 찾아갈 것이라고 말한 뒤였다. 계획이 근본적으로 수정된 후부터는 집이 한 채 보일 때마다 찾아갈지 말지를 정해야 했는데, 아들은 그런 변화에 늘 격하게 반대했다. 아들은 적절한 절차라면 뭐든 기꺼이 포용했고 일단 하러 나선 일에 실패하는 것을 매우 싫어했다.

그래서 우리는 모종의 약속을 했다. 아들이 몹시 가고 싶은 집이 있으면 우리가 함께 간다. 다만 한 가지 조건을 걸었다. 갈건지 말 건지 내 의도를 말하기 전에 아들이 의사를 표명해야 한다. 그러지 않으면 아이는 모든 집에 가보자고 주장했을 터이다.

또 다른 문제는, 아이가 이미 들렀던 집에 다시 가보고 싶어 했을 때 생겼다. 아들은 그 집에서 보낸 시간이 좋았던 모양이다. 늙은 부부가 사는 집이었다. 매우 친절한 분들이었다. 두 분은 우리에게 사과주와 메이플 슈거 캔디를 주었다. 이번에는 내가 아들의 의견을 따르기로 했다.

우리는 그 집으로 돌아갔고 차에서 내린 뒤 걸어가서 문을 두드렸다. 노부인이 우리에게로 다가왔다.

나와 아들은 처음 찾아온 사람들처럼 굴었다. 심지어 노부인과 안면이 있는 사이라는 사실을 아예 잊어버린 듯이 행동했다. 노부인이 우리의 '척'에 속았을 리는 없다. 하지만 힘들게 거부하지도 않았다. 부인의 평정심은 대단했다. 노부인은 우리를 집 안으로 맞아들였고, 우리는 모든 과정을 다시 연기했다. 이번에는 부인의 남편 대신 친척이라고 하는 어느 여인이 함께 있어서, 완전히 헛수고는 아니라고 생각되었다. 부인과 그 친척은 우리가 장난을 치나 생각했을 테지만 또 나름의 이유로 장단을 맞춰주기로 한 눈치였다.

이는 내가 오래도록 믿어온 신념의 증거다. 이성적이고 격식에 맞는 행동이 반드시 필요한 건 아니다. 한 모금의 친절만 있다면.

산간 지역으로 들어갈수록 지형이 험난해지고 있었다. 소나무 숲과 절벽, 강줄기와 호수가 마치 하얀 잉크로 그린 선처럼 나타났다. 우리는 칠흑 같은 하늘 아래의 개울에서 목욕을 했다. 물은 사람들이 가끔 말하는 추위, 그러니까 한 번도 느껴본 적 없는, 인생에 단 한 번 경험할 법한 추위를 안겨다주었다. 사람들은 그런 추위를 방 안에 유령이 있을 때 느낀다고 한다.

우리는 폭포가 보이는 산장에서 사흘을 묵었다. 나는 무터의 책을 갖고 있었다. 『뛰어듦의 기하학Geometries of the Dive』이라는 책이었다. 손으로 그린 그림들을 묶은 책이었는데, 때로는 사진 위에 투사지를 놓고 그린 것도 있었다. 저자는 나무 한 그루를 포착해 정확한 크기를 잰 다음 거기에 사는 가마우지들에게도 같은 절차를 적용했다. 가마우지들을 찍고 그리기를 반복했다. 책은 실제 비례로 되어 있다. 각 페이지에는 나무가 있고 호수가 있다. 무터는 가마우지의 세상에서 살기를 절실히 원했고 가마우지에게 닿기 위해서라면 무엇이든 했다.

나는 검은 털모자를 쓴 채로 연못의 반대편에 쭈그리고 앉아 있는 무터의 모습을 상상한다. 그녀는 그림 도구를 들고 부표 사이에 얼어붙은 채 실루엣이 되어 갈망한다. 이름난 시장이자 사회적으로 큰 성공을 거두었고 많은 자식과 세 명의 남편을 두고 당대의 극작가로 칭송받았지만, 그녀의 진정한 소원은 인간의 육체를 떠나 온전하게 가마우지가 되는 게 아니었을까 생각한다.

대개의 사람들이 그런 말을 할 때 실제로 원하는 건 동물의 몸 안에 깃든 인간이 되는 것이다. 하지만 그건 절대로 무터의 바람이 아니었다. 단언컨대 무터는 단 한 번도 인간이었던 적이 없는 동물이 되고 싶었을 것이다. 어느 날 가마우지가 되어 잠에서 깬 그녀는 어제 하루를 마치기 위해 자리에 누운 것이 언제인지, 자신이 여자였는지 한 도시의 시장이었는지 전혀 기억하지 못할 것이다. 생각해보면 우리가 동물로 변한다는 상상은 얼마든지 할 수 있지만 그 즉시 우리 인간성의 모든 부분이 새어나가 사라진다는 것, 그것이 어떤 것일지는 느끼기 힘들다.

무터는 자신의 저서에서 그에 대해 써놓았다. *가마우지가 느끼는 어둠은 인간이 느끼는 어둠과 완전히 다르다. 우리는, 무언가를 지배하기 위해서는 그것을 바꾸어야만 하는 우리는 그 무엇의 주인도 아니고 자연 그대로에서 주인이 되는 것이 어떤 건지 알지 못한다. 가마우지에게 지배권은 움켜쥐는 것이 아니라 깃털 하나하나의 끝, 그리고 그 부리와 눈알에서 어쩌면 만져질 듯 뻗쳐 나오는 뚜렷한 선이다. 우리에게 지배한다는 것은 야생의 맹수들을 위축시켜야만 가능한 일이다. 소와 양을 기르고 말의 뇌는 부러뜨려 길들여서 우리가 타고 달릴 수 있게 만*

들어야 한다. 하지만 무엇이든 인간의 손에 맞추어진 것은 술책이며 자연 상태에서 무언가를 잃은 것이다. 인간이 자연을 제압하고 이룩한 승리에 명예는 없다.

자네가 갈 수 있는 거리에는 한계가 있을 거야, 인구조사국의 상사가 내게 말했다. 그게 무엇을 기준으로 정해지는지 아는가?

나는 대답하지 않았다.

글쎄, 그냥 모든 요소를 다 더한 것이라 말할 수도 있겠지. 속도, 지형, 방해 요소나 병 같은 것들 말이야. 하지만 내가 말하고 있는 건 완전히 다른 것이라네.

인생의 대부분을 의사로서 보냈기에 상사를 모셨던 시간이 가물가물했다. 그래서 나는 이 남자가 보이는 행동과 그 기저에 있는 무언가가 매우 흥미로웠다. 그는 인구조사에 대해 내가 모르는 것들을 알고 있었고, 내가 그걸 모른 채 사무실을 떠난다면 틀림없이 실패하고 말 것이라는 생각이 들었다. 어두운 사무실에서 내가 그에게 얼마나 지대한 관심을 보이고 있었는지, 이만하면 설명할 수 있을 것이다. 앞뒤로 조금씩 몸을 흔들긴 했지만 불편해서가 아니라 그가 말하는 한 가지 한 가지를 내가 얼마나 고대하는지를 보여주기 위함이었다.

그는 계속했다. 자네가 젊건 늙었건 - 자네는 늙었지 - 한계는 자네가 죽음을 맞는 지점에서 정해지는 걸세. 지금도 그걸 향해 가고 있는 중인 셈이지. 내가 몇십 분 전에 자넬 보고 뽑은 것은 자네가 인구조사원이 될 수 있을 것 같아서가 아니라 자네가 이미 인구조사원이었기 때문이야. 그렇게 타고났지. 하지만 이제 자네의 일은 작업 공동체로 들어온 거야. 그는 나무 보드를 가리켰다. 세리프 활자로 '작업 공동체는 국가의 경계를 넘는다'라고 박혀 있었다.

인구조사국이 이 나라보다도 오래되었던 사실을 알고 있나? 그가 물었다. 나는 몰랐다고 했다. 자네는 인구조사국이 자네보다 오래갈 것임을, 자네가 세상을 떠난 뒤에도 건재할 것임을 믿는가? 나는 그러길 바란다고 했다.

그는 나를 가죽으로 봉한 책이 수백 권씩 가득 차 있는 책장으로 안내했다. 책장은 복도의 시작점에서부터 끝까지 이어졌다. 그는 무릎을 꿇고 책갑 하나에서 책을 꺼내려고 했으나, 잠시 주저했다. 그는 감히 그 많은 생의 결과들에 가까이 갈 수도 없었다.

이 작업, 이 작업 말이야. 그는 말했다. 그의 눈에 눈물이 고였다. 이건, 진실된 작업이네. 그가 말했다.

그 순간 그를 사랑하게 되었다. 하지만 그의 손은 그가 속한 서로 다른 사회를 상징하는 반지로 뒤덮여 있었다. 나는 그걸 바라볼 수 없었다. 그는 무어라고 말하기 위해 손을 들어 올렸고 나는 눈을 감았다.

나는 언제나 사회에 소속된 사람들을 경멸했다. 어떤 종류든, 사회란 약한 자들을 위해 존재하는 개념이다. 일치를 바라는 욕망은 우리 인간의 가장 역겹고 한심한 면이다. 꿈으로 칠해진 천을 텐트처럼 덮고 혼자 떠돌아다닐 수 있는 사람은 정녕 없는 것인가?

아내와 내가 세웠던 계획은 어딘가에 우리 셋이 가서, 그녀의 말을 빌리자면 '나무가 죽을 때까지' 사는 것이었다. 겨울을 향하여 나무가 잎을 모두 떨굴 때까지. 어느 날 아침 아내는 잠을 자다가 우리의 계획을 망쳤다. 적어도 한 시간 전에 숨을 거두었을 것이다. 나는 자리에서 일어나 그녀에게 뭔가 먹고 싶은 것이 없냐고 물었다. 아무 대답도 없었다. 나는 부엌으로 갔다가, 돌아와서 – 보고 말았다.

우리의 계획은 한날한시에 숨을 거두는 것이었다. 마치, 같은 뗏목을 탄 것처럼.

이 계획은 굉장한 위안이었다. 생명이 나에게는 붙어 있고 그녀에게서는 떠나서, 이 모든 것이 쓸모없게 되기 전까지는 말이다. 아마도 이 일이 내가 인구조사 일을 잡고 확신에 찬 발걸음으로 무언가를 향해 여행을 떠나게 만든 이유였을 것이다. 그것이 무엇인지는 모르더라도 말이다.

아들에게 엄마에게 무슨 일이 일어났는지 이야기하는 것은 생각했던 것과 매우 다른 일이었다. 나는 전부 다른 방식으로 몇 번이고 거듭 설명했다. 나 자신에게도 처음으로 소리 내어 말하면서, 아이에게 말해주었다. 아이가 아내의 죽음에 대해 아는 것은 내가 아는 것과 다르다. 아이가 그녀의 삶에 대해 갖는 관념이 나와 달랐기 때문이다.

아들은 군인이 되는 놀이를 즐겨 했다. 아이는 마당에 나가 수풀 사이에서 뛰어놀았다. 전투가 일어나면 아이는 총에 맞아 쓰러진다. 땅이나 나무, 아니면 전신주 옆으로 넘어진다. 그 순간 그는 전사한 것이고, 아이는 그걸 알고 있다. 아이에게 그것은 그저 맡은 바를 다하는 것이다. 그래서 그는 서두르지 않는다. 그러면 가끔 누군가가 우리 집 문을 두드린다.

저기, 당신네 마당에 누가 누워 있는데요.

오, 예, 우리는 대답한다. 괜찮아요. 그냥 죽은 거예요. 죽은 척하는 거예요.

첼스빼

의자에 앉아 있는 아내의 육체를 보았을 때, 나는 생각했다. 죽은 척하는 거야? 장난을 치고 싶은 거야?

다음 장소는 높은 담으로 둘러싸여 있었다. 슬픈 인가였다. 어느 모로 보나 그랬다. 출입구가 있지만 들어갈 수가 없었다. 도어 노커도, 초인종도 없었다. 하지만 거기에 좀 서 있었더니 웬 소년이 문 쪽으로 와서는 우리를 들여보내주었다. 그러는 동안 누군가가 집에서 우리를 지켜보고 있었다. 네모난 창틀 사이로 얼굴이 보였고 적의가 느껴졌다.

우리는 집으로 올라가 들어갔다. 난로가 구석에 있는, 침대로 가득 찬 방이었다. 들어서는 순간 우리는 용건을 설명하라는 요구를 받았다. 우리는 자기소개를 했고 그사이 차츰 여섯 명의 가족에게 우리가 적이고, 혹시 적이 아니라면 그들이 오랫동안 들어온 적의 전령임이 명백해졌다. 그렇게 생각하는 게 틀림없어 보였다. 그 식구들이 보기에 외부의 인물은 너나없이 독을 두른 사람들이었다. 우리는 남쪽에서 독이 씌워진 초록색 옷을 입고 나타났다.

나는 우리가 고결한 인구조사의 임무를 갖고 온 것이라고, 그릇된 노력이나 다름없는 설명을 계속했다. 무슨 일이 일어나고 있는지는 알았으나, 인구조사에 대한 장광설을 너무 많이 해본 나머지 도중에 멈출 수가 없었다.

긴 침묵이 흐르다가 이내 집 뒤쪽 어딘가의 무엇에 쇠가 부딪히는 소리로 마침표가 찍혔다.

당신은 우리가 여기에 살고, 우리가 몇 명인지, 그런 걸 적어
갈 거란 말이죠?

나는 그럴 거라고 답했다.

창문들 중 하나로 아직도 열려 있는 문과 문밖에 있는 차가 보
였다. 200미터쯤 떨어진 도로에 있었다. 나는 방 안으로 다시
주의를 돌렸다.

세 명의 아이가 있었다. 두 명은 꽤나 어렸고, 한 명은 학교에
갈 나이 정도로 보였다. 아이들은 우리 아들에게 다가와 아이
들 특유의 교감을 나누었다. 굳이 빙글빙글 돌지 않더라도 비
슷한 동작이 이루어지고, 결국 일은 같은 방향으로 흘러간다.
아이들 사이에서 비슷한 일이 일어났다. 아이들은 다 같이 다
른 방으로 가버렸다.

우리는 아무런 질문도 듣고 싶지 않고 아무런 대답도 하고 싶
지 않습니다. 더더군다나 우리에 대해 그 어떤 것도 쓰면 안
됩니다. 어떤 이유로든.

남편이 아닌 다른 남자가 벽에 기대어 있었다. 잔혹하게 모욕
적인 표정을 짓고 있었다. 그가 아직 입을 열지는 않았다. 의
사의 눈에 익숙한 손이 보였다. 무기를 들도록, 어떤 기형적인

용도가 아니라면 절대 반갑게 쓰이지 않도록 만들어진 손이 었다. 창문에서 언뜻 본 사람이었다. 남자가 입을 열었다.

진짜 약속이 없으면 안 떠날 생각인가 보네.

아무도 그에 대답하지 않자 그는 말을 이어갔다.

바늘 있지, 노인네? 내게 바늘을 꽂으려고? 당신이 생각하는 것처럼 난 그렇게 멍청한 사람이 아냐. 남쪽에 가본 적이 있는데, 당신네들이 뭘 하는지 알고 있어.

남자는 내게로 다가와 내 얼굴과 제 얼굴 사이에 손가락 한 마디 정도를 남겨두고 말했다. 내 몸에 잉크를 넣을 생각은 하지 마, 영감. 내게는 아냐.

나는 조금도 움직이지 않고 그저 그를 바라보았다. 이런 사람들은 소인배다. 첫 순간 그들을 피해버리는 것은 거의 언제나 가능하다. 하지만 당신이 그를 인정하는 순간 그의 현실이 당신의 현실이 된다. 그렇게 되면 빠져나오기 어려워진다.

남자는 다시 벽으로 성큼성큼 걸어가 손으로 쾅 치고는 작게 욕설을 뱉었다.

열심히 머리를 굴렸으나 아무 생각도 떠오르지 않았다.

그 순간 내가 고집스럽게 굴고 있다는 걸 확실히 느낄 수 있었다. 완강한 고집을 피우고 있다는 걸 부정할 수가 없었다. 내가 왜 그리도 완고했는지는 나도 알 수 없다. 보통 때였다면 나는 그저 아무 말이나 한 다음 떠났을 것이다. 그들을 무시하고 기쁘게 길을 떠났을 수도 있었다. 하지만 나는 그곳에 서서 모든 것을 본 뒤였기에 이제 그들을 보지 않을 수도 없었다. 다른 것보다도 집에 계속해서 부딪히는 철 소리 때문이었다. 그저 첫 소리에 불과했지만 내 머릿속을 백지장처럼 만들기에는 충분했다. 만약 그때 체스를 두었다면, 나는 말 하나도 움직이지 못했을 것이다. 나이트와 룩을 구분하지도 못했을 것이다.

나는 낮은 천장 아래에 반쯤 쭈그리고 서서 남자를 바라보고 있었다. 다른 이들은 내 반응을 기다리고 있었다. 1~2초 정도 지난 것 같았다. 우리는 그가 벽에 가한 충격의 여파에 파묻혀 있었다.

내가 말했다. 여러분은 저를 손님으로 맞이했으니, 제가 지금 보는 것에 대해선 아무 말 않겠습니다. 하지만 담 너머에서 본 것, 그러니까 방문자가 되기 전에 본 것들은 제 일이고, 그러니 저는 제가 말하고 싶은 사람에게, 하고 싶은 장소에서, 하고 싶은 때에 그에 대해 말하겠습니다.

아내의 얼굴이 하얗게 질렸다. 남편은 고개를 저었다.

문제가 있는 것 같았다. 인구조사 자체가 그들에겐 일종의 문제였다. 우리는 모두 그걸 지켜보고 있었고 철이 부딪히는 소리가 들리고 또 들려왔다.

아내가 조용히 말했다.

당신 아들은 왜 데리고 다니나요? 무슨 의도인가요?

저희는 꼭 함께 붙어 다닙니다.

여자는 신이 어떤 사람들을 저주하는지에 대해 중얼거리기 시작했고 남편이 그녀를 막아섰다.

나는 그녀가 내가 인구조사원이어서 내 아들이 저주받았다는 이야기를 하려 했던 것인지, 아니면 다른 뜻인지 생각해보고 있었지만 남편이 내 주의를 끌었다.

그는 내게 할 말이 있다고 했다. 그러고는 이야기를 시작했다. 주의 치안 담당관이 그들에게서 무언가를 얻으러 온 적이 있었다고 했다. 그리고 내게 담당관이 원하는 걸 얻어갔을 거라 생각하느냐고 물었다. 그는 다른 남자에게도 같은 질문을 했다.

남자는 그가 뭔가를 얻어가긴 했다고 답했다. 그게 그가 원한 게 맞다면. 물론 내 알 바 아니지만.

그랬던 것 같은데, 여자가 말하기 시작했다.

하지만 남자는 다시금 여자의 말허리를 젖은 채찍처럼 자르고 들어왔다.

남의 집에 그냥 들어오는 게 어떤 의미인지나 아시오? 당신에게 그럴 권리가 있느냐고요.

남자는 말을 할 때마다 고개를 흔들었다. 즐겨 하는 행동인 것 같았다.

언덕을 내려가다가 자전거에서 굴러떨어지기 직전의 느낌이었다. 계획대로 일을 처리하는 것은 힘든 일이었다.

순간 들려온 것은 웃음소리였다. 옆방에서 들려오고 있었다. 우리는 모두 그쪽을 돌아보았다. 아이들이 다시 들어오고 있었다. 큰 쪽의 여자아이가 내 아들의 손을 행복하게 잡고 있었다. 아이들은 거기 서서 우리를 쳐다보았다. 왱왱거리는 소리가 들리더니 철 부딪히는 소리가 멈추었다. 아이들은 행복해 보였다. 그 얼굴들은 우리가 볼 수 없는 햇살에 빛나고 있었다.

아이들이 차례로 말하기 시작했다.

언제까지 여기 계실 거예요? 언제까지 여기 계실 거예요? 언제까지요? 여기 영원히 계셔주시면 안 될까요? 1주일만이라도요!

도로를 따라 내려가서 맨 첫 번째로 구부러지는 곳 근처에 작은 오두막이 있었다. 동물 뼈로 만든 단추 같은 얼굴을 가진 예순의 남자가 살고 있었다. 우리 셋은 주방 탁자에 앉았다. 우리는 그에게 럼주를 받아 마셨다. 나는 그에게 복합주택에서 있었던 일을 털어놓았다.

10년 전에, 하고 남자가 입을 열었다. 그 사람들이 여기 왔을 때 나도 있었소. 그땐 형제 두 명뿐이었지. 그다음에 여자가 왔어요. 웃긴 게 뭔지 아쇼? 가끔 보게 되는데 - 뭐, 시내에 가기도 하고, 신실한 크리스천인 척 나를 만나러 오기도 하고 - 어쨌든 그때마다 형제 둘 중 한 명이 주도권을 잡고 있는 것처럼 보이는데, 사실은 좀 다르거든. 알고 보면 육체적으로든 정신적으로든 권력을 전부 쥐고 흔드는 건 여자 쪽이라오. 남자둘은 입 안의 혀처럼 여자가 한 말을 무조건 따라 하기만 한단 말이야. 여기서 십몇 킬로미터 떨어진 곳에서 자란 여자인데, 그간 저지른 짓을 줄줄이 다 말하자면 뭐…….

남자는 바닥에 침을 뱉었다. 자기 집이니까 바닥에 침을 뱉는 것도 자유다. 남자는 우리에게 럼주를 좀 더 따라주었다.

가기 전에 한 잔 더 마시쇼, 그가 말했다. 길을 떠나기 전에 럼주 한잔 해야지.

남자는 거칠게 웃음을 터뜨렸다. 전혀 웃음 같지 않았다. 그런 웃음을 알고 있는가?

남자는 사진을 몇 장 가져왔다. 이건 내 아내와 딸이요.

아름답지 않소?

예, 아름다우시네요.

아름다웠지, 암, 그렇고말고. 예쁘지 않았다고는 말 못하지요.

세상을 떠났나요?

아니, 다른 데 살아요. 보다시피 함께 살 수가 없었소. 내가 멍청한 놈이었던 시절이 있었지.

그 소년은 나를 이해해주려고 노력하고 있었다. 내게 자비를 베푸는 듯했다.

하지만 아저씨, 누가 그랬어요? 왜 의사를 그만두신 거예요?

며칠이 지났고 우리는 꽤 멀리 왔다. 많은 것을 보았다. 어떤 것들은 기억에 남았고 어떤 것들은 그렇지 않았다. 지금 우리는 커다란 빅토리아식 저택의 베란다에 앉아 있다. 이 집 이전에도 아름답고 오래된 수많은 집이 있었다. 대부분이 목조건물이었지만 몇몇은 석조였다. 우리는 언덕을 넘어 분지로 들어가고 있었다. 아마도 E의 시작 지점쯤이었던 것 같다. 분지의 중간 즈음에는 봉긋하게 솟아오른 지형이 있었고 그 위에 오래된 인가가 있었다.

길 건너에는 커다란 은행 건물과 교회가 서너 곳 있었다. 마을 사람들이 말하길, 150년쯤 전에 30년 정도 번영했던 지역이라고 했다. 잠깐의 경제적 번영은 건축에 흔적을 가장 많이 남겨놓는다. 외적인 권력의 표출이다. 하지만 권력처럼 부도 내리찍는 힘의 한 종류이다. 실패하고 난 뒤에는 허허롭게 파인 자국만 남을 뿐이다.

나는 흔들의자에 앉았다. 아들은 계단에 앉아 있었다. 어린 남자아이가 내 옆의 다른 흔들의자에 와서 앉았다.

누가 그랬어요? 그 애가 다시 말했다. 다른 사람들을 돕는 게 좋지 않아요?

그래, 좋아했지. 하지만 좀 다른 일을 하고 싶었어.

아이는 이해했다. 자기가 여덟 살이었을 때를 생각했다고 했다. 여덟 살이었을 때 자기는 화석에 관심이 많았으나 아홉 살이 되고 나서는 모든 것이 달라졌다고 했다.

아이는 말을 이어갔다. 어찌 된 일인지는 모르겠지만요. 아홉 살이 되면 여덟 살이었던 자기를 돌아보면서 제가 얼마나 세상을 잘못 이해하고 있었는지를 알 수 있어요. 아이는 자기가 화석의 이름과 모양을 어떻게 기억하고 책에 써내려갔는지에 대해 이야기했다. 내가 원하면 가져다주겠다고 했다. 심지어 삼엽충과 몇 개의 식물 화석도 가지고 있었다. 자기는 식물 화석보다 동물 화석이 우월하다고 생각하지는 않는다고 했다. 하지만 똑같이 화석을 좋아하는 친구는 동물 화석을 더 좋아한다고 했다. 그건 잘못 생각하는 거예요, 왜냐하면 동물 화석이라고 움직이는 게 아니거든요. 아이는 설명했다. 진짜 동물처럼 움직이는 게 아니에요. 화석이 뭔지 이제 아시겠죠?

나는 그렇다고 대답했다.

그래요, 그렇겠죠.

아이의 목소리에는 내 말을 곧이곧대로 믿을 수 없다는 어조
가 담겨 있었다.

아이의 아버지가 보여주고자 하는 문서들을 들고 나왔다. 그
들은 다른 곳에서 이 마을로 이사를 왔다. 인구조사에서 알고
자 하는 것들은 이런 정보다. 나 자신은 이런 정보에 별 관심
이 없지만, 사람들이 문서를 가지러 다른 방으로 가면 그저 기
다린다. 어떤 일이 일어나든, 기다리는 법을 배우는 중이다.

어떻습니까? 남자가 물었다. 충분합니까?

오, 네. 내가 답했다. 아주 좋아요.

그날 밤 나는 운전하면서 아들에게 간혹 혼자인 사람들을 괴롭히는 외로움에 대해 이야기했다. 하긴 또, 똑같이 혼자 있어도 끝내 외로움을 모르는 사람들도 있고. 어째서 그럴까?

우리는 잠시 동안 생각해보았다.

무터를 연구하다 보니 줄곧 가마우지 생각만 하게 된다고, 나는 아들에게 말했다. 차 안에 있는 책은 모두 무터의 저서였다.

심지어 지금도 내 머리 위 공기 어딘가에 가만히 떠 있는, 가마우지에 대한 생각을 외로움과 그 못 말리는 효과(어떤 이들은 흡사 예술 작품에 이끌리듯 외로움에 매혹되는 것처럼 보인다)라는 상념과 연결 짓다 보니 자연스럽게 성 니콜라스 섬의 한 여인 이야기에 이른다. 여인은 무서운 고독에 그리 고통받지 않은 듯이 보였다. 부릉거리는 자동차 엔진 소리 사이로 나는 신이 나서 아들에게 이 여인의 사연을 들려주었다. 1853년 처음 발견되었을 때 여인은 이미 섬에서 18년을 살고 있었다. 구조되어 해변으로 실려 온 여인은 가마우지 깃털로 만든 초록색 드레스를 입고 있었다. 세상 어디서도 다시 볼 수 없을 드레스였다. 겉으로 봐서는 도무지 이해되지 않는 방식으로 여인의 몸을 둘러싸고 고래 힘줄로 꿰매어진 드레스는 소라게의 껍질 같은 단단한 외피로 굳어져 있었다. 이 깃털 드레스는 고난과 역경의 외면적 표상이었으며, 타인이 평가할 수 있도록 드러난 여인의 주요 부분이었다. 기적적인 생존 능력을 빼면, 여인은 다소 평범했다.

아들은 드레스가 어디 있는지 알고 싶다고 했다.

그래서 드레스는 바티칸에 있다고 말해주었다. 그 드레스는 기적과 같고 그 자체로 불가해한 현상의 본질을 내포하고 있기에 가치를 매길 수 없이 값지거든. 이처럼 값을 매길 수 없는 귀한 것들은 바티칸으로 가는 거야. 바티칸은 불가해하지만 보존해야 하는 모든 것의 저장소로 알려져 있거든. 이건 좀 웃기는 농담인데, 그 드레스가 바티칸 어디에 있는지는 아무도 모른다는구나. 잃어버렸대. 아들은 웃지 않았다. 나를 꾸준히 바라보며 기다리기만 했다.

우리 앞에 펼쳐진 도로는 끝도 없이 이어지는 내리막길이었다. 좁은 골짜기 사이에 있는 길이라서 어디로 내려가고 있는지 앞이 잘 보이지 않았다. 물론 한밤중이라 그렇기도 했다. 나는 이야기를 계속했다.

여인이 자신을 구조해준 사람과 다른 이들에게 불러준 노래가 있었단다. 토키 토키 야하미메나 / 토키 토키 야하미메나 / 토키 토키 야하미메나 / 웰레슈키마 니슈야하미메나 / 웰레슈키마 니슈야하미메나 / 토키 토키 야하미메나……

아들은 노래가 무슨 뜻이냐고 묻지 않았다. 원래 그런 질문은 하지 않는다. 예컨대 온전한 모습으로 눈앞에 드러나 있는 사물의 의미를 알 수 없을 때, 우리는 누군가 다른 사람이 말해주기를 기대한다. 하지만 자기가 모르는 사물 전체의 의미를 남이 알려줄 수 있다는 생각 자체가 그 애에게는 생소하다. 완전히 가려진 사물의 미미한 일부가 드러나 있다면 아들은 저게 뭐냐고 물어볼 것이다. 하지만 토끼나 정동석(지오드geode. 정동晶洞, 이질정족異質晶族, 정동석, 수정 등이 안에 들어 있는 돌의 종류 - 옮긴이)을 보고 무슨 뜻이냐고 묻지는 않는다. 차라리 만화경이 무슨 뜻이냐고 물을지 몰라도. 그게 무슨 뜻일까?

그래도 아들에게 노래의 의미를 가르쳐주고 싶어서 설명을 했다. 이 노래에는 알아야 할 것이 아주 많으면서도 아주 적어. 어떤 사람은 가사를 이렇게 번역했지. *언젠가 이 섬을 벗어나고 싶어질 날이 보이기에 나는 삶에 만족하고 살아가네.* 하지만 이 번역은 여러 가지 문제가 있는데, 그중에서도 번역자가 여인의 역경을 이미 알고서 그 이야기에 적잖이 영향을 받았다는 점이 가장 큰 문제이다. 여인은 어느 수달 사냥꾼에게 직접 이 노래를 불러주었던 모양이다. 수달 사냥꾼은 또 자기 친구에게 이 노래를 여러 번 반복해 불러주었고 그 노래를 외우게 된 친구가 잊지 않고 있다가, 다시 탈라위야슈위트라는 멋진 이름의 남자에게 이 노래를 다시 암송해주어 이 번역을 할 수 있게 해주었다. 노래를 부르는 목소리는 1913년도의 밀랍

실린더에서 들을 수 있다. 벼락에 맞아 죽은 사람의 숫자가 최고에 달한 해였다.

아예 전혀 다른 관점에서 이해할 수도 있다. 여인이 섬에서 부른 노래 가사는 서로 다른 두 의미를 동시에 담고 있다고 보면 된다. 첫 번째 의미는 가사의 말뜻 그대로이고, 두 번째 의미는 언젠가 이 섬을 떠날 것이기 때문에 만족스럽게 살아간다는 것이다.

그런가 하면, 여인이 그 섬에서 편안했고 그렇기에 죽지 않을 수 있었다는 말도 있다. 굳이 섬을 떠날 필요도 없었던 셈이다.

100년도 더 뒤에 여인이 살았던 동굴에서 상자들이 발견되었다. 공예품과 낚싯바늘, 조개껍데기로 된 접시, 황토색 안료, 동석 장식 등이 담긴 아름다운 붉은색 나무 상자들이었다. 그녀가 바다를 바라보는 둔덕 위에 고래 뼈로 지은 집도 함께 발견되었다.

1841년의 어느 아침에 여인이 파도를 타고 앞뒤로 움직이는 가마우지 같은 짐승들을 바라보고 있는 광경을 그리는 것은 어렵지 않다. 서른쯤 된 그녀는 인생의 정점에 있을 것이다. 만약 그녀가 그 가사를 읊고 있었다면, *토키 토키 야하미메나*

라는 노래 가사가 정말 섬을 떠날 날과 관련되어 있다면 시간이 지남에 따라 그녀는 바로 그날을 자신의 죽음과 서서히 동일시하게 되었으리라. 그렇다면 그 노래는 생生에 대한 깊은 선언이면서 동시에 그 탈출구를 바라는 간절한 염원이었다. 정말로 섬을 떠난 후 일어날 일에 대해 그녀는 얼마나 알고 있었을까?

사실 여인은 육지에 도착한 후 7주 정도밖에 더 살지 못하고 이름 없는 묘지에 묻혔다. 그 시간 동안 그녀는 아무에게도 이해받지 못했다. 그녀의 언어를 할 줄 아는 사람이 없었기 때문이다. 그녀가 할 수 있는 일은 그 노래를 부르고 또 부르는 것뿐이었다. 나는 그녀가 노래를 얼마나 크게 불렀을지, 속삭이듯 작게 읊조렸을지 또는 울리는 목소리로 크게 불렀을지 궁금했다.

장대한 서사시는 멀리 다른 데 있을 때 인간의 반응으로 감당할 수 있다. 가마우지의 깃털을 두르고 우리 앞에 선, 빛나는 신화적인 것들과 맞바꿀 수 있는 게 우리에게 있기나 할까? 감히 무엇으로 맞바꿀 수 있겠는가?

무터도 성 니콜라스 섬의 여인에 대해 알고 있었다고 나는 확신한다. 어디 다른 책에서 분명히 그 여인을 언급했던 기억이 있는데, 출처를 찾지는 못했다. 아무튼 내 기억에 따르면 이런 내용이었다. 무터는 여인과 가마우지 사이의 연결고리를 끊으려고 최선의 노력을 다한다. 가마우지 깃털로 만든 드레스에 핵심적인 의미가 있다고 생각지도 않았다. 새 깃털을 실용적으로 사용한 사례로는 뛰어나다고 말할 수 있겠으나 가마우지로 탈바꿈한다는 의미는 전혀 없다고 무터는 말한다.

무터가 보기에 성 니콜라스 섬의 여인은 논점을 벗어난 화두다.

하지만 여인이 그 드레스를 입고 물에 들어갔다면, 가마우지 깃털은 물을 먹지 않으므로 그 의복이 기능적으로 대단히 유용했을 가능성은 있다. 나는 무터 앞에서 반항적으로 이 사실을 적시하는 상상을 한다. 다른 인간과 가마우지를 놓고 대화를 한다니 무터가 결코 용납하지 않았을 테지만 말이다.

무터가 살면서 첩첩이 쌓아올린 경멸을 – 무터는 경멸을 산더미처럼 축적한 사람이다 – 한꺼번에 쏟아내는 대상이 있다면 그건 바로 가마우지 낚시꾼이었다. 가마우지 낚시꾼은 잔인한 방법으로 지략이 뛰어났다. 사냥꾼은 자신을 따르도록 길러 길들인 가마우지의 목에 매듭을 묶어놓는다. 작은 물고기는 가마우지의 목구멍을 통과하지만 큰 물고기는 걸리도록 알맞게 조여진 매듭이다. 가마우지가 물에 뛰어들어 유영하고 본연의 생태를 누리는 동안 낚시꾼은 배에 앉아 기다린다. 가마우지는 삶의 다양한 면면을 누리다가 이윽고 좋은 먹잇감이 될 만한 물고기를 발견한다. 가마우지는 물고기를 삼키려고 하지만 이상하게도 그러지 못한다. 결국 물속에서 물고기를 입에 넣은 채로 질식할 지경이 된다. 가마우지는 도움을 청하러 낚시꾼에게로 간다. 낚시꾼의 눈에는 그저 그의 애완 가마우지가 목구멍에 고기를 문 채로 물속에서 튀어나오는 것으로 보인다. 낚시꾼은 목구멍에서 물고기를 끌어내어 가마우지를 살려준다. 가마우지는 이내 하던 일을 하러 돌아가고, 삼킬 수도 없는 커다란 물고기에 어쩔 도리 없이 또 이끌리고 만다.

요일을 세는 편은 아니지만, 우연히 우리가 생일 파티에 가게
된 날은 화요일이었다.

그걸 아는 가장 큰 이유는 생일을 맞은 남자의 이름이 화요일
이었기 때문이다. 부모님이 고약한 장난을 친 것 같은 이름이
었다. 남자는 화요일이었고 남동생은 수요일, 여동생은 목요
일이었다.

화요일은 흉물스럽게 생긴 생일 턱받이를 걸치고 현관문으로
왔다. 그는 우리가 가족들과 함께 파티에 나온 저녁식사를 즐
기길 바랐다. 음식은 매우 맛있었다. 남자의 아들과 딸, 아내,
어머니까지 모두 그곳에 있었다. 노래를 많이 부르긴 했으나
선물은 없었다. 화요일은 원하는 모든 것을 가진 사람처럼 보
였다. 제가 원하는 선물은 아무도 제게 선물로 부담을 주지 않
는 겁니다, 그가 말했다.

우리는 날이 어두워질 때까지 잔디에 있는 의자에 앉아 있었
다. 아들은 잠이 들었다. 화요일은 우리가 자고 가도 좋다고
했다. 고맙다고 말하긴 했지만 멈추고 싶지 않은 감정이 나를
밀어붙였다. 가능한 한 북쪽으로 멀리 가고 싶었다. 그 남자의
생일잔치를 보니 다음 생일을 맞지 못하더라도 해가 바뀌는
시점을 향해 시간을 가르고 밀어붙여야 한다는 생각이 들었
다. 그 말은 아들을 차로 옮겨 이불을 덮어주고 한밤중에 아무

것도 보이지 않는 어둠 속 도로를 달려야 했다는 뜻이다. 간간이 전조등 불빛에 환하게 밝아지는 노면이 너무나 낯설었다. 길은 무섭게 추상적이었으며 예상보다 훨씬 더 가깝고도 멀었다.

젊은 외과 의사는 이전까지 불가능하다고 생각했던 상황에 휘말리곤 한다. 첫 단추부터 잘못 끼워진다. 막상 사태가 닥치기 전에는, 누가 당신은 이러이러한 상황에 처해서 어떻게든 해보라는 요구를 받을 거라고 말해줬다 해도 터무니없다면서 못 믿었을 것이다. 그런 상황에서 의사가 할 수 있는 일은 아무것도 없다고 확신했을 것이다. 하지만 무슨 수를 써서든, 순전히 행운에 기대든, 최악의 고비를 넘기고 또 넘기는 일들이 벌어진다. 바로 당신이 당직을 서는 동안에 말이다. 간호사들이 당신을 바라본다. 다른 의사들도 당신을 주시하고 있다. 간혹 의식이 있는 환자마저 멀뚱멀뚱 당신을 본다. 모두가 궁금해한다. 저 사람이 무엇을 할까? 어떻게 고칠까? 가끔 고쳐야 할 '병'이 무엇인지조차 아무도 모를 때가 있지만, 그때도 사람들은 당신을 바라본다.

그리하여 젊은 의사는 한 가지 재능을 갈고닦게 된다. 최악에 대비하게 된다는 말은 하지 않겠다. 실제로 *최악에 대비한다*는 건 불가능하기 때문이다. 다만 자신에게 닥치는 최악의 일들이 초자연적 존재의 개입으로 벌어지며 최선의 대책은 풍

파를 맞으며 버티는 것뿐이라는 터무니없는 관념에 익숙해지
는 것이다. 그래서, 만약 누군가의 다리가 쓰레기 트럭에 깔려
짓뭉개졌다면, 그리고 당신이 수술대 위의 그 모습을 내려다
보고 있다면(당신은 마치 공중에서 내려다보듯 수술실의 광경과, 메스를 손에
들고 무슨 처치를 해야 하나 생각하는 자신의 모습을 본다), 그때는 그저 어떻
게 이 일을 바로잡을 수 있을까, 내가 무엇을 해야 할까 하는
생각만 드는 것이 아니다. 또 다른 생각이 떠오른다. 인생은
참으로 부조리하고, 아무 의미도 없으며, 우주를 유영하다 혹
시 다행히도 바로 옆에 가까이 있게 되면 서로에게 부딪히는
크고 작은 물체들뿐이라는 생각이.

왠지 나에게는 추상적인 철학적 평가들이 실질적인 행동과
동반되는 경향이 강했고, 나이를 먹을수록 더해졌다. 그래서
인지 은퇴하기 몇 년 전쯤에는 나와 함께 일했던 간호사와 의
사 동료들이 내가 수술 중에 중얼거리는 특이한 혼잣말에 익
숙해져 있었다. 내 혼잣말은 어느새 직원들 사이에서 곱씹고
우려먹는 농담거리가 되었다. 이 농담이 유달리 웃겼던 건, 그
럴 때 내 뇌리에 떠오르는 통찰이 여느 때보다 훌륭했기 때문
이다. 예를 들어 별안간 지금 뭐라도 말을 해야 한다고 생각하
면 내 입에서는 틀림없이 횡설수설하는 헛소리만 튀어나올
게 뻔하다. 하지만 수술 중에는 기발한 영감으로 충만한 혼잣
말을 했다.

처음 왕진 가방을 받은 날을 기억한다. 수술용 도구가 든 검은 가죽 가방이었다. 까마득한 옛날의 일이다. 이제는 그런 도구를 가진 사람도 없다. 하지만 그때 내게는 엄청나게 중요한 일이었다. 공포에 질려 가방을 쳐다보며, 어느 모로 보나 미미하기 짝이 없는 이 도구 세트만 써서 고칠 '자격'을 갖게 된 온갖 질병을 생각했다. 의학의 기적은 별게 아니다. 지극히 경미한 상해를 입더라도 누군가가 치유되고 회복한다면 다 운과 자연적인 회복력 덕분이다. 어찌 보면 사람들이 의사에게 거는 기대는 위해가 된다. 일이 잘 풀리면 우리는 무시당하고 상황이 나빠지면 비난받기 때문이다. 하지만 실제로 우리가 할 수 있는 일은 많지 않다.

어떤 늙은 남자의 일을 기억한다. 노인은 팔이 아프다고 불평했다. 노인을 진찰한 나는 – 작은 지방 병원에서 있었던 일이다 – 오른쪽 어깨의 탈골을 발견했다. 나는 탈골을 고쳐주었고 노인은 황급히 병원을 나갔다. 하지만 두 시간 뒤에 노인이 다시 돌아왔다. 이유는 무엇이었을까? 왼팔이 부러져 있었기 때문이다. 오른쪽 어깨는 말이요, 노인이 말했다. 벌써 몇 년째 그 상태였다오. 나는 엉뚱한 곳을 고쳐주었던 것이다.

인구조사의 사명에 몸과 마음을 바치겠다는 문서에 서명하면서 희한한 얘기를 들었다. 인구조사라는 명목으로 여행하는 이들은 여타 노동자 같은 보호 특권을 누리지 못하는 건 물론이고 신상을 보호받을 기본권마저 이 서약을 통해 포기하게 된다. 조사원을 공격하고 살해하거나 상해를 입혀도 아무런 법적인 조치가 없다.

왜 이렇게 해야 하느냐고? 인구조사원들은 완벽하게 무해해 보여야 한다. 책임을 다하려고 찾아가는 것만으로도 폐가 될 수 있기 때문이다. 인구조사원들이 상해로 고소할 수 있다면 어떤 집에서도 그들을 받아주지 않을 것이다.

신상 보호가 전혀 되지 않는 탓에, 많은 인구조사원이 다양한 장소에서 평범한 시민이라면 살인으로 간주했을 정황에 처해 죽음을 맞았다. 그런 오싹한 상황에 대한 인구조사국의 태도는 어떠한가? 보통 우리는 개인이 각자의 목표를 이루기 위해 살아가는 거라고 믿는다. 그러나 그런 입장을 인구조사국에 피력하면 상당한 반발에 부딪히리라. 인구조사국은 이렇게 말할 것이다. 센서스는 살아 있는 세포로 이루어진 커다란 하나의 장기이고 인구조사원은 세포라고. 하나의 세포는 아무런 의미도 없으나 전부 합치면 뭐, 알다시피 그렇다.

그렇다면 당장 조사원을 채용하기가 얼마나 어려울지 상상되리라. 하지만 실상 인구조사원의 신화는 철저한 취약성 덕분에 오히려 부풀려진다. 인간은 언제나 새로운 순교자의 계급을 찾아 헤매게 마련이다. 현대의 순교자는 인구조사원의 모습으로 발견되었다.

나는 인구조사의 계명이 적힌 작은 플래카드를 장갑 케이스 사이에 넣어놓았다. 그걸 어디 써야 할지, 어디 둬야 할지 아직도 모르겠다. 플래카드에는 단정한 활자로 다음과 같은 글이 인쇄되어 있었다.

집에 초대를 받으면 무조건 가야 한다.

절대 말과 행동으로 남을 다치게 하지 마라. 목숨이 걸려 있다 해도 안 된다.

단정하고 맵시 있는 복장을 해라.

불평은 금지다. 인구조사의 평판을 깎아내려서는 안 된다.

누구에게서라도 도움을 기대하지 마라. 아무도 당신을 도와주지 않는다.

한 달에 한 번씩 당신이 출발한 센터로 완료된 조사의 문서를 보내라.

언급하려 했으나 잊어버린 사실이 있었다.

화석 캐는 아이의 아버지는 연붉은 머리였다. 그는 아주 멀리 떨어진 지역에서 여기로 이주한 이유가 원치 않는 증언을 해야 했기 때문이라고 힘주어 말했다. 형사사건의 증언이었다. 남자는 어느 날 집 앞 도로에서 살인을 목격했다. 남자 혼자만 본 건 아니다. 사실을 말하자면 몇십 명이나 되는 사람들이 보고 있었다. 하지만 살인자가 굉장한 권세를 지닌 인물이라 아무도 증언을 하려고 하지 않았다.

전 챙겨야 할 아내와 아들이 있었어요, 남자가 말했다. 하고 싶지 않았지만, 정신을 차려보니 동의하고 있더군요. 어느새 증언을 하고 있었고요.

법정에 나가셔야 했나요?

제가 증인석에 섰고, 제 증언에 기초해 유죄판결이 났고 남자는 사형되었죠.

그러면 왜 갑자기 마음을 바꾸셨습니까? 안 하기로 마음먹었는데, 왜 증언을 하셨죠?

어느새 아내가 방에 들어와 있었다. 창백한 눈과 흑요석처럼 육감적이고 아름다운 피부를 지닌 아담한 여자였다. 직사각형 모자를 머리에 얹은 그녀에게 나는 넋을 잃었다. 하지만 여자는 남편을 보고 있었다.

여자는 남편이 내 물음에 답하는지를 보고 있다가, 그가 아무 말도 하지 않자 웃음을 터뜨렸다.

왜 이분께 당신이 증언한 이유를 말하지 않죠? 알려주시지 그래요.

그녀는 나를 쳐다보았다. 일종의 수수께끼죠, 그렇지 않나요?

여자는 웃고 또 웃었다. 저는 정말 좋아요, 그녀가 말했다. 우리 삶에 일어난 이 끔찍한 일, 마음에 꼭 들어요. 우리를 이리로 인도해주었으니까. 자, 저기 나무가 보이시나요?

나는 그녀가 가리키는 쪽을 바라보았다. 은행 건물 옆에 있는 경사진 공원에 커다란 나무 한 그루가 있었다.

예, 보입니다.

만약 지금 이 순간, 저 나무에 그 사람이 목매달려 죽는다면, 그 광경이 다 보인다면 모든 걸 다 알게 될 거예요.

나는 잠시 생각했다. 오.

예, 여전히 깔깔 웃으며 그녀가 말했다. 두 사람은 형제였어요. 쌍둥이 형제였죠.

여자는 남편의 팔에 팔짱을 꼈고 둘은 나란히 섰다. 남자는 전혀 웃지 않았으나, 이렇게 말했다.

이 얘길 하면서 웃을 수 있다니 다행이네. 같이 웃어보시렵니까?

정확히 뭘 하자는 건지 이해가 되지 않았다. 나는 고개를 끄덕였다.

남자는 벽난로 선반에서 사진 하나를 가져왔다. 남자아이 두 명이 담 앞에 서 있었다. 배경에 공작이 있었다.

둘 중 어느 쪽이 저 같습니까? 남자가 물었다.

아들은 미아가 되기 일쑤였다. 북적거리는 장소에 가면 아들이 꼭 하는 일이 있다. 아들이 정말 좋아하는 그 일은 정처 없이 돌아다니다 사라지는 것이다. 그 애가 그러면 도저히 찾을 길이 없다. 아들은 그런 인파 속에서, 그런 축제에서, 그런 동물원, 서커스, 산책로, 대로변, 도심의 지하철역에서 볼 수 있는 광경에 완전히 압도당해 넋을 빼앗긴 나머지 우리가 자신을 찾을 수 있게 도와줄 생각을 아예 하지 않는다. 간신히 다시 찾고 나서 보면 오히려 한사코, 하지만 철저히 수동적인 방식으로 우리 눈에 띄는 걸 완강히 거부했다는 느낌마저 받는다. 풀어서 설명하자면, 장소의 풍경 속에 섞여 들어가서 거기서 배울 수 있는 것들을 배우는 게 너무 즐거워 저 자신에게 관심을 돌리려는 노력을 전혀 하지 않았다는 말이다. 그리고 아들은 몹시 능숙하다. 아내와 나는 아들을 찾으려고 수십여 명에게 도움을 청해서 근방을 샅샅이 뒤지고 다닌 적이 한두 번이 아니다. 그러다 결국 아이를 어디서 찾게 되는지 아는가? 가게 창문 앞에 앉아서 어떤 할머니와 함께 아이스크림콘을 먹고 있기도 하고. 아시아인 관광객 가족과 함께 플라밍고 보트를 타고 있기도 하고. 아니면, 바닥에 앉아 넘실대는 다리들의 파도를 보고 있곤 한다.

물론 그렇다. 세상은 언제 어느 순간에도 매혹적이다. 세상의 모든 부분이 모든 순간에 가없이 찬란하다. 한 가지 행위를 다른 행위에 우선해서 선택해야 한다는 정당한 지시문이 있을

리 없다. 그래서 우리 아들이 관람차든 거북이든 그저 무언가를 관찰하기를 선택하고 제 심장에서 훌훌 뛰쳐나와 관찰하는 대상과 온전히 공감할 때 나는 도저히 이의를 제기할 수 없었다. 내 눈에 그건 본질적으로, 언제 어디서나 심오한 의미를 찾아낼 줄 아는 기본적 능력으로 보였기에 애써 바꾸려 들지도 않았다. 아내도 같은 의견이었다. 하지만 정말로 힘들었다. 도와주겠다고 나선 수많은 사람들에게 얼마나 구구절절 사과의 말을 해야 했는지. 하지만 이상하게도 아무도 화내지 않았다. 아들은 금세 사람들의 호감을 샀는데, 그건 항상 큰 도움이 되었다.

인구조사를 받은 사람에게는 반드시 표식을 남겨야 한다. 표식의 문양은 인구조사국의 권한으로 만들어진다. 표식을 새길 때는 조사원이 배석해 육안으로 감독해야 한다. 그러나 표식을 과연 어떻게 새길 것인가, 그 세부적 방법에 대해서는 하나도 정해진 바가 없다.

물론 표식은 문신이다. 하지만 어떻게 몸에 새기는 걸까? 어떤 인구조사원이 내게 스테이플러처럼 생긴 잉크 총을 보여준 적이 있다. 갈비뼈에 놓고 딱 한 번만 꾹 누르면 살갗 위에 문신이 통째로 새겨진다. 내가 구식이라서 그런지 끔찍한 장비처럼 느껴져서 저딴 기기는 앞으로도 절대 사용하지 않겠다고 마음먹었다.

외과의 경력이 문신 작업을 위한 수련 과정이었을지도 모르겠다. 아무래도 좋다. 솔직히 인구조사용 표식 말고는 문신은 한 번도 해본 적 없지만 말이다.

이 작업을 위해서 나는 기계식 문신 바늘과 신선한 검정 잉크를 쓴다. 만에 하나 떨어질 때를 대비해 그 잉크를 만드는 법도 익혔다. 매번 새로운 바늘을 쓰게 되면서 혈액을 통한 감염 위험은 없어졌다. 하지만 언제까지고 새 바늘을 구할 수 있다는 보장이 없기에 장기적으로는 어려움이 예상되었다. 그래서 기계식 바늘을 내려놓아야 할 때를 대비해 전통적인 문신

방법 매뉴얼을 미리 읽어두었다. 정말로 솔직하게 속내를 털어놓자면, 그런 사태가 벌어져서 작업이 단순해지는 날이 오기를 바라는 마음이 있다. 옛 일본과 폴리네시아의 문신을 다룬 영상을 몇 편 보았는데 무척 매력적이었다. 물론 그런 문신은 심한 통증을 유발하며, 실제로 그런 시술을 했다가는 온갖 고초에 휘말릴 거라는 사실도 잘 안다.

우리가 매일 밤 어떻게 잘 곳을 찾았는지 궁금하지 않은가? 사실 차 안에서 자게 되는 일이 자주 있었다. 겨울이었지만 그렇게 나쁘지는 않았다. 오래전에 폐업한 스태포드라는 회사에서 만든 이 차에는, 시동이 걸려 있지 않을 때에도 쓸 수 있는 빌트인 히터 비슷한 기능이 있다. 히터는 차의 앞부분만 따뜻하게 해준다.

낡은 택시용 차였다. 아마도 추운 밤에 손님을 기다리는 택시들이 연료를 아낄 수 있도록 설계된 모양이다. 나는 생각날 때마다 작은 히터에 전용 기름을 따로 채워 넣었고, 밤이 되면 히터가 15분마다 1~2분씩 주기적으로, 우리가 얼어 죽지 않을 정도로만 돌아갔다.

차량의 원래 이름은 캐리지카Carriagecar(한 단어다)였지만, 금세 스태포드 맨핸들러manhandler로 유명세를 얻었다. 경찰이 범인 호송차로 썼기 때문이다. 나는 자동차 판매업자에게서 이 차를 헐값에 샀다. 전혀 타고 싶지 않은 차를 사서 되도록 걷거나 자전거를 타고 다니자는 의도였다. 아내는 이 제안에 동의했고 우리는 이 차를 자주 쓰지 않았다.

그래서 이 여행은 스태포드에 짧고도 활력이 넘치는 삶이었다. 우리 집 마당에 서 있을 때는 그리 큰 재미를 보지 못했을 텐데, 지금은 도로 위를 덜컹거리고 달리며 모든 종류의 노면을 타고 눈과 비를 헤치고 달리며 물 고인 길의 끝자락을 휘날리고 있다. 얼마나 멋진 삶인가!

아들이 어렸을 적, 아내가 아들을 위해 스태포드가 주인공인 책을 써주었다. 그 책은 일종의 표석이 되어 아들이 이 여행을 편안하게 느끼게 하는 데 큰 역할을 했다. 그래, 우리는 이제 한 번도 가본 적 없는 곳으로 멀리 떠날 거야. 그렇지, 영영 돌아오지 못할지도 몰라. 하지만 여전히 스태포드 캐리지카 안에 있겠지. 그러니 아무것도 변하지 않을 거야. 알겠니?

F의 끝자락에 있는 집에 여자 두 명이 살고 있었다. 우리는 외곽에서 진입했기 때문에, 그 집 앞에서 처음 차를 세웠다. 나는 그냥 지나치려 했으나 아들이 그 집에 찾아가자고 했다. 왜일까? 아마 집 정면으로 난 동그란 창문 때문이었던 것 같다.

마당에는 너저분한 정원이 있었지만 뚜렷한 진입로는 없었다. 우리는 잔디 위에 차를 주차하고 정원 둘레를 따라 걸었다. 호박의 잔해와 수확되지 못한 다른 것들의 흔적이 보였다. 집은 예의 가짜 통나무로 만든 오두막집이었다. 그러니까 통나무로 만든 것처럼 보이게 했지만, 사실은 그렇지 않은 집이었다. 나는 늘 이런 집들에 유달리 극심한 염증을 느꼈다.

문을 두드리자 엄청나게 짖어대는 개 소리가 우리를 반겼다. 잠시 뒤 어떤 사람이 나왔다. 외출하려고 코트 같은 걸 잔뜩 걸친 여자였다. 개들은 우리를 밀치고 나갔고 여자 역시 그랬다.

뭘 원하세요? 아, 다시 한 번 노크하세요, 제 여동생이 나올 거예요. 조금 있으면 저도 다시 올 거예요.

여자는 마당을 지나 길을 따라 내려가 작아지고, 작아지고, 더 작아졌다. 이내 목줄이 너무 얇아져 보이지 않더니 그녀 또한 가늘어져서 사라졌다.

우리는 다시 문을 두드렸다. 이번에는 나이가 조금 적어 보이는 여자가 왔다.

우리 언니를 믿으시면 안 돼요, 그녀가 말해주었다. 우리는 벽난로 옆에 앉아 불을 때는 여자를 지켜보았다.

오늘 밤에 언니가 다시 올 거라고 생각 안 해요. 언니는 낯선 사람을 싫어하고, 남자를 싫어하고, 그중에서도 낯선 남자를 가장 싫어해요. 여행자와 노인을 싫어하고, 여행하는 노인들도 싫어하죠. 운전자들도, 음악가들도, 집시들도 싫어해요. 혹시 개를 기르시나요? 언니는 개들은 봐줘요. 물론 언니의 개일 경우에만 말이죠. 그쪽 개들은 그쪽 거니까 그럼 아마 언니는 싫어하겠죠. 당신이 개를 언니한테 주지 않는 이상은요. 준다고 해도 언니가 받을 리는 없죠.

여자의 언니는 유명한 만화 작가인 G. 살터였다. 두 사람은 그녀가 책을 팔아 버는 돈으로 살고 있었다. 그래서 여동생은 매우 고마워했다. 본인의 말을 빌리자면, *저는 마땅한 이유 없이 이 지구에 보내졌어요, 그러니 제 길로 벌어먹고 살 수 있는 사람과 동행하게 된 건 행운이죠. 언니가 아니었다면 저는 창녀 노릇이라도 하면서 길거리를 떠돌고 있었을 거예요.* 여자는 크게 한 번 웃더니 다시 말했다. 길거리 여자가 되었을 거란 말이에요. 제 미니스커트를 들춰보세요!

그녀는 별안간 나를 휙 바라보더니 조심하는 척했다. 그런 걸 하기엔 연세가 좀 되시네, 안 그래요?

여자는 가짜 신중함을 연기하다가 다시 웃었다.

저는 이 마을에 사는 모든 사람에게 진저리가 나요. 그쪽이 젊은 남자였으면 지금 당장 제 방으로 데려가서 죽여주는 섹스를 할 거예요. 하지만 그러기엔 좀 늙었네요. 그렇죠?

그녀는 웃고 또 웃었다.

솔직히 말하면 지팡이를 안 쓰셔서 좀 놀랐어요. 제가 하나 드릴까요? 집에 하나 있는 거 같은데 저희에겐 필요가 없거든요. 하, 그쪽이랑은 같이 자려고 노력했다 해도 잘 안 됐을 거예요. 제 말은, 꼭 그렇게 해야만 하는 상황이었다면요. 같이 그냥 침대 위에서 뒹굴어도 아무 일도 안 일어날 거예요. 아무 일도요. 그냥 친구네 집에 놀러 온 애들처럼 말이에요. 얼마나 한심하겠어요! 그거 아세요? 저는 인류가 멸망해야 한다고 생각해요. 이 세대가 마지막이어야 한다고요. 언니도 동의해요. 저는 아홉 살 때 수의사에게 난소 적출 수술을 받았어요. 언니는 열네 살이었죠. 저희는 동물 가죽을 뒤집어쓰고 동물병원으로 숨어들었죠. 그날 이후로 제가 세상을 바라보는 방식이 완전히 달라졌어요. 동물병원에서의 그날이요. 어차피 이제 다 알고 있으니 저도 얘기해드릴게요. 저희 둘 다 영원히 아이를 갖지 않을 거예요.

그녀는 웃음을 몇 번 더 터뜨리더니 불 속에 장작을 조금 넣었다.

무엇을 말해야 할지 몰랐던 나는 시작할까요? 하고 물었고, 그녀는 그러자고 했다.

우리는 인구조사의 사무를 본 뒤에 표식을 남겼다. 그녀는 조금 충격을 받은 것 같았다. 그녀가 말했다.

저는 조금이라도 다칠 때마다 죽을 것만 같아요.

그 후 그녀는 우리더러 여기서 밤을 보내라고 했다. 우리는 가야만 한다고 말했다. 여자는 여기서 자고 가라고, 시간이 너무 늦었다고 했다.

교착 상태는 문 열리는 소리와 함께 끝났다.

아직 안 가셨군요, 언니 쪽이 말했다. 지난 한 시간 동안 마당에서 당신들이 가기를 기다리고 있었는데, 안 가신다면 안 가시는 거겠지요. 어디 한번 끝장을 봅시다.

그녀는 코트를 벗어 의자 위로 던졌다. 개들은 다른 방 어딘가로 뛰어가 더 이상 보이지도 들리지도 않았다.

인구조사원이죠?

어떻게 아셨습니까?

그녀는 코웃음을 쳤다.

매일 아침 저는 제 뺨을 때린 다음 거울을 봐요. 붉은 자국이 사라지면 그날은 잘 돌아갈 거라는 징조이죠. 하지만 사라지지 않으면, 뭔가 한심하기 짝이 없는 일이 벌어질 거라는 촉이 옵니다. 오늘은 그쪽이네요. 인구조사원 씨, 우리에게 일어나고 있는 한심한 일.

나는 그렇게까지 나쁜 일은 아니라고 설명했다. 그저 형식상의 일일 뿐이니까요.

형식의 반대죠, 그녀가 말했다. 목적이 있는 취조 아니겠습니까.

나는 동의했다.

그녀는 주위를 둘러보다 여동생이 상의를 입고 있지 않다는 것을 눈치챘다.

그러니까, 이런 상황이구만? 내가 집에 널 혼자 두고 한 시간 나가 있으면, 너는 이 집에 들어오는 첫 번째 남자의 허리에 다리를 감는다는 거지? 그 남자가 멍청하건 늙었건 말이야. 내가 널 돌보는 게 얼마나 힘든지 아니? 누군가가 와서 널 영원히 데려가줬으면 좋겠어. 다음 책에 광고를 내든가 해야겠어, 경품 내걸듯이 말이야. 이긴 사람이 내 여동생을 가져가서 자기 맘대로 하는 거지.

그녀는 눈을 가늘게 떴다. 그녀의 여동생은 셔츠를 다시 입을 생각이 없었다. 대신 옛날 책에 나오는 소녀처럼 머리카락을 흔들어댔다.

닥쳐, 언니. 언니 지금 부당하게 굴고 있어. 내가 셈에 들어갔다는 걸 표시하는 문신을 받았을 뿐이야. 우리가 언니를 찍어 누르면 언니도 이걸 받게 될 거야. 그래서 여기 언니랑 나, 둘 다 반쯤 옷을 벗은 채로 앉아 있는 거야. 어때?

우리는 그곳에 며칠 묵었다. 그리고 시내로는 나가지 않았다. 사실 자매의 유명한 책은 둘이 함께 공동 저자로 집필한 것이라는 사실을 알게 되었지만, 어느 쪽도 진지하게 생각하지는 않았다. 아들은 매우 행복한 시간을 보냈다. 아이는 개들을 데리고 산책을 나갔고 우리는 몇 번 썩 괜찮은 식사를 했다. 나는 자매에게 인구조사와 아내의 이야기를 들려주었다. 아내는 교양 있는 여자들이 잘 아는 사람이었고 깊은 존경의 대상이기도 했다. 하지만 이제 떠나야 할 시간이었다.

차 안에 앉아서 엔진을 켜고 떠날 준비를 하는 동안, 언니 쪽이 차 창문을 통해 얼굴을 빼꼼 내밀고는 내게 말했다.

저희에게 영상이 있어요. 부인의 공연을 담은 영상이에요. 제가 본 유일한 공연이죠. 혹시 아는 게 있으신가요?

나는 몇 가지를 봤다고 말했다. 어느 걸 말씀하시는 겁니까?

무대에 커다란 그릇이 있고, 냅킨과 스푼이 있어요. 거대한 은식기들, 나이프와 포크가 화려한 기계 팔에 들려 머리 위를 떠다녀요. 부인께서는 음식의 한 종류로 분장하고, 한 남자가 쇠뿔을 통해 읊어주는 독백을 하는 동안 식사를 피해 다녀요. 그 작품의 역사를 아시나요?

나는 고개를 저었다. 물론 나는 알고 있었다. 하지만 다른 사람의 입을 통해 듣는 게 좋았다. 사랑했던 사람이 죽으면 그 사람이 남긴 흔적을 무조건 반가워하기도 하고, 반대로 세상에 그 어떤 좋은 일도 없었던 듯 행동하기도 한다. 이 경우에는 전자였다.

여자는 차에 기대서서 계속 말했다. 엉망으로 짓밟힌 정원을 밟고 서다시피 하고 서서, 우리에게 열변을 토했다. 정원은 안중에도 없고 오로지 머나먼 시공간을 보고 있었다. 그리고 아마도, 동시에 그 공연을 처음 세 번 연달아 보던 당시의 자기 자신을 제3의 시간, 제3의 장소에서 희미하게 겹쳐보고 있었다. 그 위로 그 당시 이해했던 세계와 지금 이해하는 세계 사이의 불일치에서 오는 느낌이 덧씌워졌다. 이야기하기란 이런 유의 이끌림이다. 스탬프에는 첫 출발뿐 아니라 그 모든 쓰임의 흔적이 찍혀 있기 때문이다.

여자는 이야기를 이어갔다.

부인은 다른 여자와 공동으로 그 극을 쓰고, 격일로 번갈아가며 공연을 했습니다. 영상에 찍힌 공연 바로 전 주에, 바로 그 극장에서 부인의 공동 저자가 포크에 깔려서 죽어버렸어요. 그 전에는 관객이 없었고 극은 곧 내릴 예정이었는데, 사건이 일어나자 매일 밤 만석이 되었습니다. 이게 바로 *광대를 죽인*

공연이래. 사람들은 서로 그런 말을 수군거렸죠. 그렇게 공연이 유명해졌어요. 아마도 이제는 아시겠죠?

나는 영상의 제목이 '광대를 죽인 쇼'가 아니냐고 대답했다.

아무것도 기억이 안 나요, 여자가 말했다. 그 유명한 독백이 다 무엇에 관한 것이었는지요. 이상하지 않나요? 왜냐하면 제가 하는 일이 독백이니까요. 영상 속에서 남자가 쇠뿔을 들고 독백의 내용을 큰 소리로 고함치는데, 저는 별 관심이 가질 않더군요. 심지어 조금 우습기까지 했어요. 하지만 나중에는 하나도 기억나지 않더라고요. 저는 그 남자가 누군지도 모르는 걸요.

남자는 술주정뱅이였죠, 내가 말했다. 각 공연 전마다 길거리에서 골라 데려온 완전히 취한 취객이었습니다. 하지만 독백의 내용은 저도 기억을 못하겠군요. 제가 듣기나 했는지도 모르겠습니다. 저는 그저 그 작품에서는, 그 부분만 기억이 나요. 그…….

포크와 나이프가 그녀를 갖고 놀기 시작하는 부분이요. 그것들이 사람을 죽여봤다는 사실이 명백히 느껴지고, 다시 죽일 수 있다는 것에 너무나, 너무나 행복해 보이는 장면이요. 그 장면에서는 그녀가 자신이 무대에서 뭘 하고 있는지 모른다는 게 느껴지죠. 어딘가를 떠돌다가 이곳에 잘못 들어왔다는 느낌이요.

그래요, 그 부분이 제가 가장 좋아하는 부분입니다.

아들은 다음 마을의 조사 작업을 자기가 수행해보고 싶다고 했다. F의 어떤 위성도시였다. 그래도 좋지만 아빠처럼 언제나 거부와 잔인함과 무관심에 대비해야 한다고 일러주었다. 나는 일어날 수 있는 모든 나쁜 일에 대해 말해주었다.

우리는 아들이 해낼 만한 간단한 절차의 일을 생각해냈다. 그리고 나는 아들의 조수가 되기로 했다.

첫 번째 집으로 갔다. 남자아이가 문을 열어주러 나왔다가 곧 다시 들어가 자신과 꼭 닮은 커다란 복사판을 데리고 돌아왔다. 두 사람은 우리를 주방으로 안내하고 식탁 의자를 내어주었다. 남자는 거듭 나와 눈을 마주치려 애썼지만 나는 바닥만 보고 있었다. 아들의 질의에 혼란스러운 응답이 돌아왔다. 아들은 같은 질문을 몇 번씩 반복하고 나서(하긴 나도 그럴 때가 자주 있다) 답변을 커다란 2절지 노트에 적어 내려갔다. 아들은 글쓰기에 능숙하진 않으나 겉보기에 글쓰기처럼 보이는 행위를 좋아한다. 그래서 남자의 답변은 구불거리는 선들의 불가해한 복제품으로 기록되고 있었다. 그는 계속 뭐라고 쓰는지 엿보려 했지만 아들은 노트를 그가 볼 수 없는 각도로 들고 있었다.

나는 남자에게 표식을 남겼지만 그는 불만을 표했다. 왠지 진지한 작업처럼 보이지 않는다면서. 그래서 신분증을 제시해야 했다. 남자가 조용해졌다.

어땠니? 다섯 번째 방문을 마치고 아들에게 물었다. 다섯 번째 집 사람들은 아들이 하는 말을 못 알아듣는 척했다. 억지로 내가 통역을 해야만 했다. 처음부터 점잖은 사람들이 아니었다. 서로에게도 못되게 굴고 우리에게도 예의를 차리지 않았다. 다행히도 아들은 자기 잘못이라고 생각하지는 않는 듯했다. 인구조사가 쉬운 작업이 아니라는 것을 잘 알고 있었다.

그 마을에서 다섯 집, 아들은 이만하면 됐다고 말했다. 그리고 내게 우리가 하려는 작업이 대체 어떤 거냐고 물었다. 나는 내게도 어려운 질문이라고 답했다. 어려운 일이지, 하고 내가 말했다. 스스로도 값어치를 제대로 이해하지 못하는 일을 다른 사람한테 설득하는 건 어려운 일이야.

도로를 운전해 내려가면서 나는 자문했다. 그렇다면 나는 인구조사 자체에 회의를 품는 건가? 그건 아니다. 천 번이라도 답할 수 있었다. 다만 내가 인구조사를 실행하는 방식이 문제였다. 내 삶이 허우적거리는 혼란, 이 혼란에 발목 잡힌 방식이 문제였다. 진정한 인구조사원은 어떨까 상상한다. 늦은 밤, 어떤 모습으로 우리 집을 찾아올까, 어떤 인사를 받을까, 질의를 할 때는 마치 은으로 된 옷을 걸친 것처럼 달빛이 온몸을 휘감고 있을까?

그런 초월적인 존재가, 당신의 모든 초라한 상황과 모든 미미하고 실패한 인생의 작은 부분들까지 전부 알아내고자 한다면 그것은 무슨 뜻일까?

다음번 우체국에 가서 나는 아들이 쓴 질답지를 다른 자료와 함께 넣어 부쳤다. 조사국에 있는 누군가는 내가 못 보는 것을 볼 수 있을지도 모른다. 내 눈이 갈 곳을 잃고 떨리다 끝내 보기에 실패하는 곳들에 그의 눈에 명백히 보이는 무언가가 살고 있을지도 모른다.

기억하기로는 내가 처음 가마우지와 맞닥뜨린 것은 야외에서가 아니라 책 속에서, 그러니까 어릴 때 『실낙원』을 읽으면서였다. 『실낙원』에서는 사탄이 가마우지로 분장한다. 그런 사탄의 분장은 이해가 될 법하다. 우리는 실용적인 이유뿐만 아니라 우리 마음에 드는 모습으로 보이고 즐거워하기 위해 옷을 고른다. 사탄과 성 니콜라스 섬의 여인이 비슷한 옷을 입고 있었을 거라 생각하면 웃음이 난다. 사탄은 물론 부리와 갈퀴, 가벼운 골격도 갖추고 있었겠지만 말이다. 사탄이 변신한 형상이 정말로 그 형상이라고 할 수 있는지, 아니면 겉껍데기에 불과한지 여부를 놓고 이론가들은 논란을 거듭했지만 어떤 결론도 내리지 못했다. 다만 한 가지 짚어 말하자면, 가마우지로 둔갑한 사탄은 어느 모로 보나 진짜 가마우지와 하나도 닮은 데가 없다. 그런데도 보고 있으면 가마우지를 보는 느낌이 든다. 이런 사고의 흐름을 따라가자면 부리와 날개를 갖지는 못했지만 성 니콜라스 섬의 여인이 어떤 의미에서 사탄보다 훨씬 더 가마우지답게 느껴진다.

사실을 말하자면, 그때 나는 가마우지가 어떻게 생겼는지 몰랐기에 가마우지로 둔갑한 사탄에 대해서도 전혀 아는 바가 없었다. 나는 가마우지가 일종의 까마귀라고 생각했다. 나중에 무터의 책을 읽고 나서야 그런 믿음을 지닌 사람이 나 혼자는 아니라는 사실을 배웠다. 완전히 틀려먹은 생각이다. 가마우지는 까마귀와 사촌이 아니다.

밀턴에 대해서는 한 가지 가설이 있다. 밀턴이 사탄을 가마우지 모양으로 만든 것은 신비로운 물새인 가마우지가 나는 데에는 전혀 재능이 없기 때문이라는 것이다. 가마우지의 날개는 날기에는 너무 짧다. 가마우지가 아예 날지 않는 것은 아니라는 반박도 있다. 사실은, 가마우지도 날 수 있지만 날려면 피곤하게 많은 에너지를 써야 한다. 이유는 이렇다. 가마우지는 헤엄을 잘 쳐야만 하는데 창공을 위해 만들어진 아름다운 날개는 헤엄치는 데 아무 쓸모가 없기 때문이다. 밀턴이 일종의 경계 조치로, 혹은 색채를 구분하려고 사탄이 하늘에서 조금 어색하게 보이도록 만들었을 거라는 생각은 일리가 있지만, 여전히 우리가 아는 악마의 우화와는 동떨어져 보인다. 이를테면 마녀는 미약한 박동만으로도 공기를 가르고 날아가지 않던가? 사탄은 원래 천사가 아니었던가?

몇 년 전, 한 여자가 매우 곤혹스러워하며 나를 보러 온 적이 있었다. 아내의 친구였다.

지금부터 제가 하는 말을 믿어주실 수 있나요?

예, 그럼요.

사실 요즘 제 남편을 알아보는 데 어려움을 겪기 시작했어요.

무슨 말씀이십니까?

제 말은, 사람이 많아지면 더 이상 그이를 알아볼 수가 없어요. 공적인 자리에서 그이를 만나야 하는 상황이 되면 절망적이죠. 저는 그이가 제게로 와서 자기 자신임을 확인시켜주지 않는 이상 아무것도 못하고 서 있을 수밖에 없어요. 그게 제가 할 수 있는 전부예요.

만약 다른 사람이 사람들 속의 저에게 다가와서 그런다면, 저는 남편 대신 그 사람과 동행해버리고 말 거예요. 정말로 남편을 알아볼 수가 없어요.

마흔다섯 정도 된, 극단의 배우 일을 하는 여자였다. 언제나 화려한 벌집처럼 머리를 장식하고 가장 좋은 옷을 입곤 했다.

아내는 그걸 가지고 항상 그녀를 놀려댔다.

여자의 남편은 경제학자였다. 문제는 그들이 부유해질수록 두 명 모두 다른 사람들과 비슷해져서, 그녀의 말을 빌리자면 남편을 구분할 수 없을 정도가 되었다는 것이다. 짐작컨대 남편 또한 비슷한 어려움을 겪고 있을 테지만 그는 도움을 청하기엔 너무 자존심이 셌다. 그게 아니면 엽색 행각에 정신이 팔려 그냥 무관심할 수도 있다.

앞의 말은 그저 농이다. 마음은 상황을 이쪽저쪽으로 엮어놓는다. 슬픈 사실은, 나의 환자인 이 머뭇거리는 여인의 남편은 그해 일찍 죽었고 그녀는 현실을 받아들이기를 거부했다는 것이다. 그녀는 남편의 죽음을 수용하는 대신 남편을 알아보지 못해서 잃어버렸다고 믿기로 했다.

나는 그녀에게 최선의 방법은 새로운 사람을 찾는 것이라고 조언했다. 찾을 수 있고 알아볼 수도 있는 사람을 찾아서 남자든 여자든 그 사람에게 자신을 결속시키라고 했다. 결혼의 붕괴가 결국 익명성으로 완성된 거죠. 아무도 다른 누구와도 구분할 수 없는 익명성 말입니다. 그러니까 특별한 사람을 찾아야 해요.

형편없는 조언이었다. 어느 정도는 내가 그녀를 아주 싫어했

기 때문에 나온 말이었다. 뭐라고 말해야 할까. 그녀가 내 조
언을 받아들일 사람이라고 믿고도 그런 충고를 했다면 잘못
이었으리라. 하지만 그녀 또한 나를 매우 싫어했고 내 조언을
전혀 고려하지 않았다. 그러므로 내가 그녀에게 한 조언 또한
아무 가치도 없었다. 참 대단한 기백이다. 공정성의 정수가 아
닌가? 그래서 누가 이런 말을 했나 보다. 의료에 공정함이란
없다고.

평소 나는 그런 의학의 신화에 마음이 쏠리지 않으려고 피해
다녔다. 의과대학을 함께 나온 동기 중에는 그에 탑승한 사례
가 있다. 그 친구는 만병을 치료할 기세의 말재주로 엄청난 성
공을 거두었다. 나는 언제나 그의 성공 비결은 사람들을 그들
의 의지에 반해 설득할 수 있는 능력이라고 생각했다. 아내는
그 친구를 매우 싫어했고 집에 들이려 하지도 않았다.

그건 우리 가족의 규칙이었다. 세계적으로 사랑받지 못하는
사람은 우리 집에 들어올 수 없었다. (나와 아내, 그리고 아들,
우리만의 세계 말이다.) 우리 집 손님은 몇 명 되지 않았지만,
그 몇 명만큼은 얼마나 멋진 사람들이었는지 모른다!

인구조사 사무국에서 나는 일종의 오디션을 봐야 했다. 인구
조사원이 되는 것은 간단한 일일 거라는 기대를 품고 거기 앉
아 있었다. 마음이 급했다. 죽어가고 있었으니까. 이보다 급한
일이 세상 어디에 있겠는가?

이 방에서 나가요, 조사국의 국장(현지 사무국의 책임자)이 말했다.
나갔다가 다시 들어와서 제게 조사를 수행하십시오. 완전한
타인에게 하듯 말입니다.

나는 방을 나섰다 다시 들어와서 인구조사의 첫 부분을 이행
하고, 두 번째와 세 번째 절차 역시 행한 다음, 네 번째 절차가
적법하게 완료되기 직전임을 고시하고(언제나 제대로 완료되지는 않
으므로), 해당 절차를 완수한 후 인사를 건네고 다시 방을 나갔
다. 그런 다음 밖에서 기다렸다.

다시 들어오라는 지시가 있었다.

나는 다시 들어갔다.

너무 형식적이군요, 그가 말했다. 그는 장갑에서 먼지를 털어
내듯 바지 밑단을 한 번 탁 쳤다.

지나치게 형식적이에요. 그가 다시 말했다. 그렇다고 충분히

격식을 차리지도 않고. 귀담아들어야 할 때에 지껄이고 있어요. 그리고 질문의 뜻이 빤하다는 듯이 질문을 하죠. 질문의 의도에 대상자가 몰입하게 만들 생각은 전혀 없고요. 질문이 너무 빤한가요? 저는 아니라고 생각합니다만. 빤하게 만들지 않으면 되는 거예요.

조사원은 기계적으로 뇌에 입력된 대답을 듣기 위해 질문을 하는 게 아닙니다. 왜, 차라리 자문자답을 하시죠. 모두가 편하고 좋을 것 아닙니까. 그런 게 아니라, 질문으로 인해 비로소 다시 생각해보게 되는, 말하기 전까지는 모르는 그 사람의 전체적인 인생 경험을 찾고 있는 겁니다.

당신의 전신과 뻗은 손, 얼굴의 긴장, 발이 향하는 방향 – 모든 게 외치고 있어야 합니다. 내가 지금 이곳에서, 내가 당신에게 한 가지 질문을 던지는 이 순간부터, 관찰된 생을 살 수 있는 권리를 드리겠습니다. 그러면 불쌍한 영혼인 당신은, 지금부터 센서스의 빛에 비추어 자신의 삶을 조명하게 될 것입니다. 이것은 인구조사가 내리는 은총의 일부, 그것도 아주 작은 일부에 불과합니다, 이렇게요.

'부모님의 출생지는 어디입니까?'가 아니라, 국경의 의미는 무엇입니까? 부모님이 국경을 건너면서 어떤 변화가 생겼습니까? 그분들은 왜 국경을 건너왔습니까? 태어나 살던 고향을 떠나온 그분들은 어떤 사람들이죠? 두려움이나 희망에 차 있었나요? 오래전에 소멸한 행복을 품었나요? 새로운 행복으로 그 자리를 대신했나요? 그분들은 누구입니까? 그리고 어찌하여 그분들은, 이 세상과 그 속에 사는 사람들의 알 수 없는 섭리 속에서, 세월에 부서지고 죽음의 첫 잠이 넘실대는 곳에서 오락가락하며 기다리는 사람들이 되었답니까?

당신은 내게 인사를 건네며 시작하죠. 저를 반갑게 맞으면서 말입니다. 하지만 당신이 건네는 인사는 실제로 어떤 일을 불러오는 그 무엇, 그리로 치달리는 박차가 아니라 그저 의례적인 것에 불과합니다. 당신이 마주한 사람에게 달려들어 눈앞에 닥친 관건이 살아 숨 쉬는 순간에 빛을 발할 수 있게 해야 합니다.

너무 많은 것이 틀렸습니다, 너무 많은 게. 그가 고개를 저었다.

제가 말할 때 당신이 제 눈을 보면 생각의 고삐를 붙들 수 없게 됩니다. 제가 말을 하기 시작하고 눈이 마주치면, 눈길을 돌리십시오. 그리고 제가 말을 시작할 때 당신이 다른 곳을 보고 있었다면, 계속 다른 곳을 봐야 합니다. 당신이 저와 눈을 마주칠 수 있는 때가 있다면, 그건 제가 수사학적인 표현을 쓰고 있을 때, 그러니까 제가 당신의 관심을 요하고 있을 때뿐입니다. 그게 아니라면 이 행동, 저와 눈을 마주치는 행동을 하

면 제 마음만 어지럽히는 셈이에요. (눈을 맞춤으로써) 당신
은 '내가 존재한다, 내가 여기 지금 서 있다'라고 선언하는 셈
이거든요. 소통을 하자며 편지 봉투를 속물적으로 흔들어대
는 태도가 무슨 소용이 있습니까? 어쩌면, 정말 어쩌면 대상
자가 질문의 요지에서 아주 멀리 벗어났을 때 그럴 수도 있겠
지만, 웬만하면 자제하는 게 좋습니다. 바로 그럴 때 인구조사
는 우연찮게도 가장 귀중한 정보를 획득하게 되거든요.

인구조사가 무엇인지 알고 있긴 하십니까?

솔직히 고백한다. 인구조사원 면접은 어떤 면에서 철저히 굴욕적이었다. 국장은 삽화가 실린 예시를 들어 보였다. 방금 본 한심한 인구조사보다는 차라리 성질 못된 아이가 동네 집집마다 들여다보며 조롱하듯 입술을 비트는 편이 공공의 선에는 더 나을 거라고 했다. 최소한 대중을 불편하게 하지는 않잖아요. 그런 꼴은 허구한 날 보는 거니까요.

다른 사람의 집에 들어갈 때 자신이 어떤 위치에 있는지를 자각해야 해요. 그 집에 찾아온 첫 번째 타인일 수도 있습니다. 당신과 대화하는 남자 또는 여자는 아무도 모르는 사람일 수도 있습니다. 최근 100년간 듣도 보도 못한 언어를 구사할 수도 있습니다. 조사원은 자신이 일종의 고고학자나 예술가, 또는 성직자라고 여겨야 해요. 그다음에 뭘 하냐 하면, 그런 고상한 직업군에 태곳적부터 존재해온 또 한 가지 전문직, 즉 방랑하는 얼간이의 영혼을 진하게 덮어써야만 한단 말입니다. 철저히 보잘것없는 역할이라는 걸 진정으로 이해해야 해요.

대체 왜 당신이 따져 묻습니까? 대체 왜요? 답할 수 없는 질문에 맞닥뜨리면 절대 답하려 하지 마십시오. 그저 참을성 있게, 안으로 기다리고 기다리는 겁니다. 그러면 답이 오거나, 좀 더 상세한 질문이 올 겁니다.

인구조사원은 인형의 집에 와서 모든 걸 보고 듣고 이해하는 어린애가 아닙니다. 우리는 조사를 하기 위해 지붕을 뜯어내지 않습니다. 실상은 그 반대에 가깝습니다. 자유가 없는 것은 우리 쪽이죠. 숨 쉬거나 웃을 틈도 없이 굴러가는 바퀴에 매달려 수천 킬로미터를 끌려가는 거나 마찬가지예요.

우리가 개의 목에 앉은 딱지라고 생각하시면 편할 겁니다. 개는 부지불식간에 우리를 발톱으로 긁어 떼어내려 할 테지만, 우리는 무언가 좋은 일이라도 하려는 것처럼 꼭 매달려 있어야 합니다.

나는 그에게 설명을 청했다. 이해가 잘 안 됩니다. 이 비유에서 인구조사가 딱지고 국민은 개인 건가요?

그는 나를 보고 웃었다.

우리의 목적이 뭡니까? 개를 돕는 겁니까? 어떤 의미에선 그렇겠죠. 하지만 좀 더 일반적으로, 아니면 좀 더 정확히 말하자면, 뭐 어느 쪽이든 좋을 대로 생각하세요. 아무튼 우리가 봉사하려는 대상은 개가 지키는 집입니다. 개는 집을 지키고, 우리는 개의 목에 난 상처를 지키는 것이겠죠.

그는 벽에 있는 그림을 가리켰다. 개 한 마리가 담장 버팀목 옆에 불편한 자세로 서 있는 그림이었다. 자세히 관찰해보면 개의 목에 상처가 나 있는 것이 보였다. 상처에는 딱지가 잔뜩 앉아 있었다.

국장은 비밀을 말해주듯 손으로 입을 덮었다.

낡은 방식으로 보자면, 각 인구조사원이 딱지 하나이고 한 사람이 한 마리의 개이며 집이 국가이고, 뭐 그런 겁니다. 그런 의미에서 우리는 제유synecdoche의 영역에 있는 거죠. 각각의 딱지는 곧 모든 딱지이고 각각의 개인은 모든 개인이 되어 제각기 인간과 딱지 자체가 되겠죠. 얼마간은 이 방식이 이 문제를 바라보는 옳은 방식이라 여겨졌습니다.

이제, 우리는 다른 관점에서 보기를 적용해볼 겁니다. 지금 이 시점에 인구조사는 상처에 앉은 딱지이고, 상처는 아직 밝혀지지 않은, 대중에 대한 사실입니다. 그러므로 알아야 하는 건, 개가 어떻게 상처를 갖게 되었는지 뿐만 아니라 그 상처가 개가 집을 지키는 데에 어떤 영향을 주는지입니다. 개가 두려워하며 피하는가? 울어대는가? 자기 역할을 할 수 없어서 담장 버팀목 뒤로 숨는가? 인구조사는 개의 능력을 알아내어 상황을 개선시킵니다. 개의 강점을 고려해 개가 여전히 할 수 있는 일을 평가하고 개의 약점을 파악해 더 이상 못하게 된 일이 무엇인지 가늠하게 되거든요. 집이 국가라는 비유 또한 유명한 오류입니다. 인구조사는 전 인류에게 중요한 과업입니다.

여기저기 꽃처럼 피어나 각자 초라한 전성기를 누리는 국가들을 초월하는 과업이죠. 우리가 얻어내어 지킬 수 있는 앎은 국가에 구속되지 않습니다. 지식은 한번 존재하기 시작하면 계속 존재하지요.

그러더니 국장은 내 어깨를 두드렸다. 그럼 가봐요. 불행한 딱지 같으니. 그나마 할 수 있는 좋은 일을 하시오.

예전에는 체력을 유지하려고 운동을 했지만 여행 기간 중에는 포기했다. 어차피 곧 죽을 목숨이라고 생각해서 그런 건 아니다. 상황이야 어떻든 사람들은 자기가 좋아하는 하루 일과를 꾸준히 지켜야 한다고 믿는다. 진짜 이유는 스태포드를 운전하고 다니는 일 자체가 운동이라고 느껴서다. 서스펜션이랄 만한 게 없어서 차는 이리저리 정신없이 덜컹거린다. 스태포드를 몰고 험하고 울퉁불퉁한 도로를 달리고 나면 흡사 자동차에 매달려 질질 끌려다닌 기분이다. 그것도 엄청 빠른 속도로 말이다! 옛날에 쩔껑거리는 잡동사니를 잔뜩 싣고 이 마을 저 마을 떠돌던 만물상의 삶이 이렇지 않았을까. 우리 살림은 (인구조사와 서류) 소리가 없는 게 다를 뿐이다. 어질러진 삶의 형상에 불과한 자료가 짤랑거릴 리 없다.

아들은 운전을 몹시 하고 싶어 하지만 내가 못하게 한다. 하지만 하루는 도로를 달리다 확 트인 넓은 공터를 발견했다. 축제가 이미 열렸거나 앞으로 열릴 자리로 보였다. 그래서 아들에게 차를 몰고 돌게 해주었다. 아들은 운전대만 잡고도 잔뜩 신이 났다. 지켜보고 있자니 새삼스럽게 운전이라는 행위가 신기하다. 어마어마하게 커다란 물건을 조종하고 다니는데 앞길을 가로막는 게 아무것도 없다니!

여기저기 피해야 할 금속 기둥들이 있었지만 과연 아들이 잘 피할 수 있을지는 확신이 없었다. 하지만 아이는 잘 피했다.

시속 25킬로미터나 될까, 아주 느린 속도로 운행했지만 체감 속도는 굉장히 빨랐고 우리는 달리면서 함께 목청껏 노래를 불렀다. 아들이 운전대를 함부로 마구 당겼다 놓았다 하는 바람에 차가 전복할 뻔한 적도 몇 번 있었다. 원래 그러라고 만든 차가 아니다. 저 멀리 울타리에 앉아 쉬던 큰 새 두 마리의 잘 보이지도 않는 얼굴에 떠오른 당혹감이 선하게 보였다. 동물 얼굴이 사람처럼 보이는 느낌은 다들 받아본 적이 있지 않은가?

한 바퀴 돌아오면서 그 새들을 다시 찾았지만 아무 데도 없었다.

아들은 자동차를 운전한 이야기를 했다. 운전을 다 하고 나서 이렇게 말했다. 이제는 내가 운전사야. 나는 말했다. 그래, 하지만 아빠 없을 때는 운전하지 마. 아빠도 나 없이 운전하지 마, 아들이 말했다.

운동 얘기를 하는 건 좋다. 하지만 그런 건 나무 사이로 탁 트인 하늘을 보는 사람의 일이다. 그런 사람인 척할 때 나는 스스로를 기만한다.

내 사정은 훨씬 나빴다. 집에서 그랬듯 알아차린 지는 꽤 되었다. 어딘가 잘못된 느낌, 가슴이 콱 죄어드는 느낌, 그런 일이 점점 더 잦아진다. 솔직히 말해서, 오래전에 죽어버렸다면 훨씬 나았을 텐데 싶은 점이 한두 가지가 아니라서 내 걱정보다는 아들이 마음에 밟혔다. 아들의 삶에는 오래 지속되는 것들에 대한 확신이 없다. 그 애에게는 챔피언이 필요한데.

G에서는, 깨어나보니 남의 집 거실 마룻바닥에 누워 있었다. 아들은 울며 내 발을 잡고 있었다. 의사가 나를 내려다보고 있었다. 의사 말고도 다른 얼굴 대여섯이 보였다. 그 얼굴들은 아주 바짝 다가와 있었다. 다친 사람을 보면 사람들은 보통 때보다 훨씬 더 가까이 다가붙는다. 사람이 다친다고 공간을 적게 차지하는 것도 아닌데. 안 그러면 아예 고개를 돌리고 외면한다.

기억나는 게 뭐가 있더라? 그 집에 들어간 건 생각난다. 그 집 사람들에게 인구조사 얘기를 하기 시작했던 것도 생각나고, 그다음은, 모르겠다.

의사는 한참 후 나를 일으켜 세웠다.

우리는 이야기를 나누었고 의사는 우리에게 굉장한 친절을 베풀어주었다. 우리를 자기 집으로 다시 데려가 며칠 묵게 해주었던 것이다. 의사는 날마다 직접 나를 진료했다. 그토록 친절을 베푼 이유는 말로 설명하기 어렵다. *그런 사람들도 있다,* 라든가 옳은 일이니까 등 이런저런 표현이 있기는 하다. 하지만 나는 오히려 다 운수소관이라고 생각한다. 나를 보니 누구 아는 사람 생각이 났나 보지, 하고.

아무튼 나흘째 되는 날 증상은 가라앉았지만 내 몸은 여전히 몹시 쇠약했다. 하루 이틀은 더 쉬어야 되겠다고 생각했는데 의사도 같은 소견이었다.

이 의사의 외모를 설명해야겠다.

의사는 서른 살쯤 되어 보였고 의학적인 사항 전반에 관련해 나와 열띤 대화를 했다. 의사가 내게 직업상 맞닥뜨리는 곤란한 문제들, 이런저런 애로 사항을 털어놓으면 나는 오랜 경험에 근거하여 조언을 해주었다. 저녁때는 함께 체스를 두었다. 의사는 빤한 수든 교묘한 수든 상관없이 말을 놓기 전에 장고를 하는 편이었다.

여기까지, 하고 의사는 말했다. 삭제의 과정을 거쳐 오게 됐어요. 내가 아는 장소들 중에 가고 싶은 곳이 하나도 없더군요. 내가 살아본 곳 어디에서도 개업하고 싶은 데가 없었어요. 그래서 전혀 모르는 곳으로 왔죠. 그러면 좀 다를 거라 생각했거든요. 하지만 다 똑같아요. 어디나 다 똑같더라고요, 그렇지 않아요?

의사는 거기 온 지 6개월이 되었다면서 영영 떠나지 않을 가능성이 높다고 말했다. G의 주민들은 대체로 친절하고 선량해서 응대하기 쉽다면서. 주민들도 의사를 꽤 마음에 들어 하고 존경해주었다. 외지인인 만큼 거의 모두가 얼마쯤 거리를 두고 조심스러운 태도로 대하지만 그건 이해할 수 있다고 했다. 의사는 의학용어사전 편찬 작업을 하고 있으며, 전국의 다른 의사들과 꾸준히 서신을 주고받는단다. 결례가 될지 모르겠지만, 이렇게 자기와 비슷한 사람과 얼굴을 보고 말하니 좋다고 했다.

전혀 결례가 아니라고 말했다. 하지만 이제 내가 외과 의사가 아니라는 점은 알아두시라고 했다.

한번 의사는 영원히 의사죠, 그는 말했다. 마음대로 포기할 수 있는 게 아니에요.

영원히 그만둘 수 있는 길이 하나 있긴 합니다, 나는 말했다.

의사는 내 심장 상태를 몹시 우려해서 여러 가지 약을 처방해 주었다. 취할 수 있는 조치가 있다는 건 아시죠, 그가 말했다. 어느 정도 파격적인 조치를 취할 수도 있어요. 하지만 아무리 봐도 선생님께서 원치 않으시는 일 같군요. 뭐, 그렇다면 이미, 제가 아는 걸 이미 알고 계실 공산이 크겠어요. 그러니까, 말기가 아니라도, 말기에 몹시 근접해 있다는 사실 말입니다.

아드님은 어떻게 하실 생각이에요? 선생님께서 돌아가시면 어떻게 하죠?

맡길 사람이 있긴 합니다. 우리가 아는 사람이에요. 다시 기차에 태워 보낼 거예요.

어려운 일일 텐데요. 혼자 여행할 수 있을 거라고 생각하세요?

할 수 있어요. 언제나 그 애를 도와주는 좋은 사람들이 있게 마련이거든요. 예전에는 나도 믿고 의지하기 힘든 사실이었지만, 언제나 그랬지요.

혹시 이런 의문을 가져본 적이 없으십니까? 젊은 의사는 내게 물었다. 자기가 어떤 사람이라고 생각할까요? 아드님은 자기가 어떤 사람이라고 생각하고 있을까요? 저도 제가 어떤 사람이라는 자의식이 있고 선생님도 분명히 그러실 겁니다. 어떤 면에서 우리는 다른 사람에게서 자아를 인정받고 싶어 하잖아요. 선생님을 만날 때 저는 선생님께 제가 생각하는 저 자신을 보여드리려고 노력을 한단 말입니다. 선생님께서도 그러시겠지요. 하지만 아드님은 별로 그런 노력을 하지 않는 것 같아요. 그래서 궁금하네요. 아드님은 자기가 어떤 사람이라고 생각할까요?

나는 이런 얘기를 아내가 한 적이 있다고 말했다. 아내는 잊을 만하면 한 번씩 이 얘기를 꺼내곤 했죠. 우리가 함께했던 삶을 기록한 사진들이 든 상자가 있었는데, 하루는 아내가 그 사진들을 다 꺼냈어요. 아내는 사진들을 가지고 아들과 함께 아들 방에 들어갔고, 아들 녀석은 자기 방문 옆에 붙여놓을 사진 몇 장을 골랐죠. 아이는 사진들을 놓고는, 하나를 붙였다 떼고 또 다른 걸 붙이고 하면서 몇 시간 동안이나 고심을 하더군요. 그해 여름에는 이 일에 매달렸어요. 그러다 가을이 왔을 무렵에 나는 작업이 다 끝났다고 믿었죠. 벽은 드디어 최종본으로 굳어졌고, 그때부터는 변화가 없었어요.

아들은 손수 벽에 붙일 사진들을 골랐고 그걸 보면서 좋아했지만, 그렇다고 사진 속의 사람이 자기라고 생각했다는 뜻은 아니랍니다. 하긴, 우리도 우리 사진을 보면서 그렇게 믿는 건

대개 착오라고 생각해요. 사진에 찍힌 사람이 정말 우리일까요? 아니면 연관이 있는 누군가일까요? 한때는 친했지만 이제는 타인이 된 다른 사람 아닐까요? 어느 정도 관심사를 공유하긴 해도, 이제는 연을 끊고 멀리 가버린 어떤 누군가는 아닐까요?

이런 이유로 우리는 그 사진들이 아들이라고 우기지 않았습니다. 여러 번 은근히 암시하긴 했지만요. 지나치게 소소한 차이라고 생각하는 사람들도 있겠지만, 그런 미묘한 차이에 흥미를 갖지 않는다면 자기도 모르게 삶이 우리에게 느끼라고 던져주는 섬세한 감정들을 박탈해버리기 십상이지요.

사진은 작고 까만 못을 박아 벽에 붙였다. 아내에게는 둥근머리망치가 하나 있었는데, 진짜 망치가 필요한 작업에도 그걸 즐겨 썼다. 솔직히 나는 둥근머리망치가 어디에 쓰이는 건지도 잘 모르고, 어쩌다 아내가 그런 걸 갖게 됐는지도 모른다. 애초에 둥근머리망치라는 게 신기한 물건이라 아내의 마음이 끌렸을 거라는 상상을 할 뿐이다.

첫날은 하나씩 하나씩 못질하는 소리가 계속 들렸다. 그리고 그 후로 여러 날, 그해 여름 내내 아내는 수시로 아들 방으로 불려 올라가 사진들을 재배열하며 하나를 떼고 또 다른 걸 붙였다. 우리는 그 사진들을 속속들이 알게 되었다.

아들 머리 높이쯤, 그러니까 제일 높은 벽에 붙어 있는 첫 번째 시리즈는 눈밭 풍경이었다. 어느 해였는지는 기억나지 않지만 한두 장을 뒤집어보면 연도가 쓰여 있을 것이다. 우리는 겨울옷으로 아들을 꽁꽁 싸매고 썰매를 태웠다. 구식 썰매 한 대를 선물 받았던 것이다. 아주 잘 미끄러지는 썰매는 아니었다. 우리는 마당으로 나가 아들을 썰매에 앉히고 이리저리 끌고 다녔다. 그때 처음 아들은 제대로 눈을 경험했고, 기막히게 멋지다고 생각했다. 아들은 썰매에서 내려와 얼굴과 코에 잔뜩 눈을 묻히고 눈밭을 뒹굴뒹굴 굴러다녔다. 아들은 울기 시작했다가 곧 뚝 그쳤다. 정말로 행복했던 것이다. 눈을 먹기도 했다. 우리에게 몇 음절을 큰 소리로 외쳐 말하기도 했다. 눈을 뜻하는 말이었을 거라고 짐작한다. 아들은 커다란 모자가 달린 파카를 입고 있었고 아내와 나는 그 순간을 기념하기 위해 아들을 안고 사진을 찍었다. 첫 번째 사진에서 아내는 높이 안아든 아들에 가려 보이지 않았다. 아내가 자주 취하는 포즈였다. 뭔가 쓸모 있는 일을 하는 척하면서, 자기 자신을 가리고 숨기는 일.

내가 안고 있는 아들의 표정은 황망하다. 사진 찍히는 줄도 모르고 그저 엄마가 자기를 보려고 서 있나 보다 하고 있다. 이유는 전혀 모르면서.

아내가 아들을 큰 소리로 부른다. 다음 사진에서 아들은 환하게 미소를 짓는다. 나는 활짝 웃고 있다. 아내가 무슨 말을 했기에?

벽에서 이 두 사진은 따로 떨어져 있다. 그 사이에 아내가 아들과 함께 썰매에서 뭔가를 찾고 있는 사진이 끼어 있다. 그림자로 보아 늦은 오후가 틀림없다. 그러자 나는 궁금해졌다. 눈이 내리던 오전 시간 동안에는 우리가 뭘 했을까? 그 기억은 내가 잊어버렸다. 내가 받은 선물들이 있었다. 눈이 내리는 환상적인 아침, 사랑스러운 아내와 자식, 밖으로 나오자 아름다운 풍경이 펼쳐져 있던 오후. 그런데 나는 그 모든 게 그냥 스쳐가도록 내버려두었고, 이제는 더 이상 느낄 수조차 없다. 아내가 내게 무슨 말을 했더라? 문득 눈에 들어와 나중에 깊이 생각해봐야겠다고 마음먹었던 것들이 뭐가 있더라? 이제는 내 수중에 없는 이 사진 속, 늦은 오후 햇살에 길게 드리워진 썰매 그림자가 화살촉처럼 날카롭게 가리키고 있는, 잃어버린 그 모든 것.

다음 사진에는 아들이 세면대에 들어앉아 있다. 세면대에서 목욕할 수 있는 사이즈여서 당연히 우리는 거기서 아이를 씻겼다. 어린애라도 욕조에서 목욕시키는 사람들도 있겠지만, 작은 인간을 세면대에서 목욕시킨다는, 본질적으로 우스꽝스럽고 즐거운 경험을 피하거나 놓칠 수는 없었다. 하지만 이 사진은 내 기억 속에 딱 한 가지 다른 이유로 깊이 새겨져 있다. 아들이 저 사진 속의 남자애는 어디 있느냐고 물었기 때문이다. 그 애는 어디 있냐고? 내가 물었다. 언제였냐는 뜻일까? 그 사진 속 남자애는 우리 집에 있잖아. 우리가 살던 집, 이 집, 아직도 살고 있고 바로 이 집 말이야, 나는 아들에게 말해주었다. 그 남자애는 아직도 거기 있어, 하지만 이제 그 집은 훨씬 작고, 훨씬 더 익숙하지.

아내는 가끔 사진들을 활용해서 하고 싶은 말을 전달했다. 아내는 아들이 그 사진들을 속속들이 안다는 사실을 잘 알았다. 그래서 이렇게 말하곤 했다. 이제 우리가 걸음마 연습을 했던 것처럼 이걸 연습할 거야, 우리가 걸음마 연습했던 거 기억나니? 그리고 아내는 불안하게 걸음을 떼는 아들의 팔을 꼭 잡고 서 있는 자기 사진을 보여주었다. 그러고 나서 아내와 아들은 그때 하고 있던 공부나 연습을 다시 시작했다. 단어나 글자나 노래나, 뭐든.

맨 처음 벽에 붙였던 사진들 중에 끼어 있었지만 그 후로 몇 달

동안 없어졌다가 마지막에 다시 붙인 두 장의 사진, 하지만 결국 한가운데 자리를 차지한 마지막 사진 두 장은 비옷 사진이었다. 아들이 비옷을 입고 있었다. 비옷과 난간과 비옷을 입은 소년이 있고 내가 뒤쪽의 그늘에 서 있다. 다음 사진에는 비옷의 모자가 뾰족하게 올라와 있어 흡사 광대의 의상처럼 보인다. 그것 때문에 아들이 좋아했을 것이다. 아내와 아들이 처음 그 사진을 봤을 때 아내는, 어머, 이것 봐, 여기서 너는 꼭 엄마처럼 광대로구나. 여기서 너는 꼭 엄마 같아. 그러다 사진은 무슨 영문에선지 아들의 총애를 잃고 더미로 던져졌다가 마지막에야 어머니와 아들을 이어주는 끈으로 돌아왔다. 사실 나는 그 사진이 광대를 연상시키는 이유가 우습거나 희극적인 요소 때문이 아니라 뜬금없는 옷차림에 차린 격식과 무게 때문이라고 생각한다. 이처럼 실재하지 않는 위계에 자리한 특정 장소를 또렷하고 강렬하게 표현하기에, 광대의 의상은 경이롭게 느껴진다. 평범한 의상의 요소들이 왜곡되고 잘못된 사이즈로 일그러진다. 그러나 이로써 얻어지는 자유가 있다. 광대 옷은 어떻게 입어도 잘못 입을 수 없다는 자유. 뭘 어떻게 입어도 옳다.

아내는 방문 뒤에 우리 집 빨랫줄 사진을 붙여놓았다. 아내는 아들이 고른 사진들은 빨랫줄에 걸린 빨래 같은 거니까 빨래를 널듯 마음대로 아무렇게나 배열해도 되고 내렸다가 다시 붙였다가 여기저기 돌려놓아도 된다고, 아들이 하고 싶으면 셔츠에 핀으로 꽂아서 입고 다녀도 된다고 말해주었다.

젊은 의사가 물었다. 아이가 언제 카메라를 알게 됐나요? 카메라가 뭔지 언제 알았죠? 직접 카메라를 조작하는 법은 배웠나요?

그래서 나는 말했다. 그 애는 카메라를 조작하고 싶어 하지는 않았어요. 이유는 아무도 모르지만요. 하지만 갖고 다니는 건 아주 좋아했고, 자주 들고 다녔어요. 카메라를 써야 할 때가 되면 아내나 나한테 췄고, 그러면 사진을 찍었죠. 하지만 그때쯤에는 우리가 별로 사진을 찍지 않게 됐어요. 찍더라도 의무감에서 찍었는데, 누구한테 무슨 부채감을 느꼈는지는 잘 모르겠네요.

아내는 나무 사진을 찍는 걸 정말 좋아했어요. 나무보다 더 좋아하는 건 숲 사진이었죠. 나무 한 그루가 아니라 가지들이 빽빽이 뒤엉켜 있는 풍경 말입니다. 아들의 방 벽에는 나와 함께 서 있는 사진이 있었어요. 아들은 손으로 내 팔뚝을 꼭 잡고 있고 우리 뒤로 황무지처럼 나뭇가지들이 무성하게 자라나 있죠. 사진을 찍을 때 아내는 우리 뒤의 풍경을 보고 있었는데, 어쩌다 보니 우리가 우연히 그 사진에 들어간 느낌이 들었어요. 하지만 그래도 내가 찍힌 사진 중에서는 그 사진을 제일 좋아하는데, 내가 그때 쓰고 있던 모자의 모양이 마음에 들어서 그런 것 같아요. 모자에 눈이 다 가리도록 푹 눌러쓰고 있거든요. 몇 년 동안 내가 가장 아끼던 모자였는데, 등산을 하다가 잃어버렸어요. 아내와 아들은 내가 새 모자를 갖고서 투덜투덜 불평을 할 때마다 놀려대곤 했어요. 아들이 정색을 하고 장난을 칠 때가 있었는데, 내 모자의 행방을 아주 잘 알고 있다는 거예요. 모자가 위층에 있다는 거죠. 그러면 나는 아들한테 맞춰주면서 말하죠, 그래, 모자가 위층에 있으면 우리 올라가서 가져오자, 그러면 아들은 좋아, 하고 말하고 우리는 같이 올라갔어요, 계단을 올라가서 내가, 자, 아빠를 위층으로 데려왔으니까 이제 어디 갈까, 그러면 아이는 나를 끌고 자기 방으로 들어가는 겁니다, 내 옛날 모자가 네 방에 있니, 등산을 하다가 잃어버린 아빠의 옛날 모자가? 그러면 아들은 고개를 끄덕이면서 나를 데리고 방 안으로 들어가고, 나는 요란하게 법석을 떨며 아빠 모자를 돌려달라고 하는 겁니다, 그러면 아들은 희열에 차서 사진을 가리키면서 나한테 말했어요. 아빠가 갖고 싶으면, 가져가도 좋아.

사진 세 장에 찍힌 또 다른 남자애가 있어요. 길 건너에 사는 아이인데 그 집 부모는 우리한테 호의적이지 않았죠. 무슨 오해가 있었는지 그 집 아버지가 우리를 몹시 싫어했습니다. 하지만 그 애가 어렸을 때는 자주 우리 집에 와서 아들과 같이 놀았어요. 1년 남짓 그러다가 어느 날, 갑자기 발길을 뚝 끊었죠. 그 가족은 계속 길 건너에 살았지만 우리와는 연을 끊었어요.

아들은 그 아이를 아주 좋아했어요. 그래서 벽에 붙은 세 장은 그 애 사진이었죠. 하지만 정말로 솔직히 말하자면, 아주 나쁜 애였어요. 절대로 남의 말을 듣지 않고 항상 물건을 부쉈어요. 그 애 손에 들어가면 남아나는 게 없었습니다. 하지만 우리는 크게 개의치 않았고 그 애가 우리에게서 사라질 때까지 잘 대해주었죠.

그 집에는 아주 커다란 개도 있었습니다. 로버라는 이름이었는데, 애들이 어렸을 때는 로버의 목에 매달려 마당에서 질질 끌려다니곤 했죠.

그 남자애가 제일 많이 놀러온 해에는 날씨가 몹시 더웠던 것 같아요. 그 사진들이 풍기는 분위기도 그렇고, 전반적으로 그 애 생각을 하면 푹푹 찌는 무더위가 떠오르거든요. 우리는 애들을 위해서 레모네이드 가판대를 만들었지만 손님은 아무도 없었어요. 인적 없는, 외로운 길이었죠. 내가 손님인 척 행세해야 했는데, 애들은 속지 않았어요. 애들은 나한테 정해진 가격을 받고 레모네이드를 팔았지만 마음속 깊은 곳에서는 진짜 판매로 치지 않았죠.

가끔 아들은 나한테 물었어요. 사진이 왜 그렇게 어둡냐고 물었죠. 실제로 그랬던 것 같아요. 우리가 찍은 사진들 중에 여러 장은 실내에서 찍었거든요. 게다가 우리가 갖고 있던 카메라 렌즈의 성능도 별로 좋지 못해서 낮은 조도에서는 훌륭한 사진이 나오지 않았습니다. 그렇지만 아들이 가장 좋아한 사진 두 장은, 실제로 자기 사진이라고 아들이 말한 그 사진 두 장은 굉장히 어두웠어요. 그 두 장에서 아들은 줄무늬 셔츠를 입고 창가에 서 있죠. 장난기가 가득한 얼굴인데, 첫 번째 사진에서는 짓궂은 장난기를 겉으로 드러내지 않고 꾹 누르고 있다가, 창가에서 우리 쪽으로 다가오는 두 번째 사진에서는 만면에 활짝 드러내고 있어요.

벽에 붙어 있는 마지막 사진은, 제일 밑에 자리하고 있는데, 우리 집 바깥의 차고에서 찍은 겁니다. 스포츠 코트 차림의 아들은 쩍쩍 갈라진 아스팔트 도로에 서 있죠. 학교에 처음 가는 날이었던 것 같아요. 학기가 시작하는 어느 날이라서 아들이 격식을 차려 옷을 입은 거였죠. 제 손으로 단장을 한 아들은 그 순간을 기념하고 싶어 했어요. 사진을 보면 어깨가 축 처진 모양이, 뭔가 인내심을 요하는 상황이라거나 불가피한 일 앞에서 체념하는 느낌이거든요. 그렇다고 아들이 순순히 포기하는 아이는 아니었어요. 유년기에는 타협을 모르는 아이였거든요. 오히려 노새처럼 고집불통이었죠.

아드님은 이제 그렇게 고집을 부리는 것 같지 않은데요, 의사가 말했다. 전혀요, 오히려 아주 예의가 발라요.

우리는 아들을 함께 바라보았다. 그 애는 소파에 누워 몸을 동그랗게 말고 잠들어 있었다.

저것 봐요, 심지어 소파에 발을 올리기 전에 신발도 벗었잖아요.

아, 사려가 깊은 아이지요, 내가 말했다. 하지만 사려 깊은 애들이 제일 고집이 세다고 생각지는 않으십니까? 정의나 불의를 감지할 때 말이에요.

의사는 고서를 수집했고 우리에게 아름다운 의학백과사전과 희한한 책을 많이 보여주었다. 우리에게 책을 구경시켜주는 게 기분 좋은지 말소리에서 아주 따끈한 온기가 배어났다.

사물의 작명이 체계적으로 이루어진 적이 없어요, 의사는 말했다. 이게 그 의사의 가장 큰 불만이었다. 그래서 인체가 늪처럼 터무니없이 난해한 겁니다. 그럴 필요가 없거든요. 의사는 완전히 새로운 작명 체계를 제안했다. 신체의 모든 부위뿐 아니라 모든 질병에 새로운 이름을 붙여서 인간의 형상과 그 질병 전체를 쉽게 이해할 수 있도록 개선해야 한다고 했다.

나는 한 가지 난점이 있다고 말했다. 우리는 지금 현재 시점에 우리가 도달한 인체의 이해도에 따라 작명 체계를 고안할 수밖에 없다. 그러니 10년, 20년 후에는 의학 지식이 더욱 발전할 테고, 본질적으로 똑같은 짓을 되풀이하지 않을 수 없게 된다. 새롭고 심오한 합의에 맞게 만물에 이름을 다시 붙여야만 한다.

그럼요, 물론이죠, 의사는 동의했다. 50년에 한 번 정도는 해야 하는 일이라고 생각됩니다만.

나는 회복기의 마지막 며칠 동안 의사와 함께 왕진을 다니면서 그가 대단히 훌륭한 개업의라는 걸 알게 되었다. 의사는 내 누추한 옷차림에도 불구하고 선배 의사라고 소개하고 온갖 문제에 조언을 구했다. 하지만 내 조언이 정말로 필요했던 건 딱 한 번뿐이다. 나는 자주 다뤄봤지만 그는 한 번도 본 적이 없는 특별한 낭종을 알아봤을 때다. 아들과 내가 떠나기 전날 밤에 우리는 낭종 수술 절차를 세심하게 상의했다.

좀 더 계시면 안 되겠습니까? 수술을 집도하시든가, 최소한 조수로라도 참관하시면 어떨까요?

선생님께서 충분히 하실 수 있습니다. 물론이고말고요.

의사는 자기 피를 보는 걸 몹시 두려워했다. 의사치고 신기한 일이다. 그래서 인구조사용 바늘 표식은 죽어도 싫다고 했다. 하지만 이전 인구조사의 표식은 몸에 새겨져 있다고 했다.

아니, 어떻게요? 내가 물었다.

친구 손을 꼭 잡고 있다가 까무러쳤거든요, 그는 껄껄 웃으며 말했다. 방이 시야에서 사라지고 이런 게 나타나더군요.

그러면서 의사는 손짓으로 책들, 조각상, 가죽으로 덮은 책상,

카펫이 깔린 서재를 가리켜 보였다.

지금 이 순간에는, 나이가 굉장히 많이 든 기분이 들어요, 의사가 웃었다. 대화 상대에 따라 나이를 먹는다는 느낌을 받지 않으세요? 제 느낌은, 그러니까 선생님과 함께 긴 수술 경력을 함께하고 오랜 세월의 삶을 같이 산 느낌이에요. 어쩌면 선생님은 저와 대화하면서, 방금 병원을 개업한 청년이 된 느낌을 받지 않으실까요. 그런 점에서 제 감정을 느끼실 수 있을 거예요. 하지만 세월은 금세 흘러갈 겁니다. 머지않아 저도, 선생님처럼, 죽음의 문턱에 서게 되겠지요.

몸은 닳아빠져도, 마음은 한결같답니다, 쏜살같이 날아가는 새처럼, 나는 조용히 말했다.

날개도 펴지 않고 허공을 쏜살같이 날아가는 새처럼.

우리는 함께 호탕하게 웃었다. 아들도 따라 웃었다.

떠날 때가 되었다. 더는 지체할 수 없었다. 의사는 차까지 우리를 따라 나와 배웅해주었고, 우리 차가 한참 멀어질 때까지 그 자리에 서서 손을 흔들다가 시야에서 사라졌다. 의사도 G시도 자취를 감추어버렸다.

우리는 차를 타고 이동했고, 아들과 나는 이미 여러 번 나눈 이야기를 반복했다. 우리 둘 다 잘 알고 있어서 함께 나누기 좋아하는 것들에 대해서만 이야기했다. 새로운 것들에 대한 얘기를 반드시 해야 하는 경우는 그리 흔치 않았다. 아니, 정말로 그럴 가치가 있을 때만 했다고 말해야겠다.

자꾸자꾸 우리가 곱씹고 되새긴 낡은 화두 중에 셰이프 학교가 있었다. 아내가 열 살 때 입학한 기숙학교였다. 굉장한 곳이었다! 셰이프 학교는 실험적인 대안학교였다. 평범한 학생을 위한 평범한 교육을 제공하는 것이 목표라고 했지만, 비범한 수단을 썼다. 실제 성과는 광대의 육성과 배출이었다.

모든 것에는 형태가 있어요. 본인이 유명한 마임 배우였던 셰이프 학교의 선생님은 그렇게 말했단다. 여러분이 무언가에 들어가서 그 형태를 취하면, 다른 사람에게 보여줄 수 있어요. 여러분은 형태들의 도서관이 되어야 해요.

내가 알기로 셰이프 학교는 교사 두 명과 마흔 명 남짓의 학생을 두고 10여 년간 운영되었다. 광대들처럼 그 선생님들도 그보다 더 오래 노젓기를 계속할 수는 없었다. 그래서 다른 관심사를 좇아 표표히 떠나버렸다.

셰이프 학교는 10년간 아무도 쓰지 않다가 시장에 나온 군대

막사를 교실로 썼다. 나는 광대들이 매물로 나온 막사를 보고, 군 막사에 광대 학교를 지으면 얼마나 웃길까, 생각하는 상상을 한다. 물론 당사자들은 셰이프 학교가 광대육성학교라고는 믿지 않았겠지만 말이다. 학교의 목표는 정반대였다. 딱 기본적인 교육만 시킨다는 순수한 교육학적 야심이 있었으니까.

하지만 학교가 존재하는 동안은, 다른 데 가고 싶어 하는 학생이 하나도 없었을 것 같다. 그러나 현실은 꼭 그렇지만도 않았던 모양이다. 개교 이래 총 마흔 명의 학생이 스쳐갔지만 졸업생은 불과 여섯 명뿐이었다. 하지만 그런 학교는 원래 어렵게 마련이다. 최고의 학생들을 가르쳐내야 하니까. 이 경우 최고의 학생이라 함은 다른 데서는 귀하게 여겨주기는커녕 양육 자체도 거부했을 아이들이다. 셰이프 학교 최고의 학생들은 다른 학교에서 지진아나 놀림거리 취급만 받았을 것이다.

아들은 내가 보트 레슨 이야기를 해주면 좋아한다. 어느 날 아침, 열다섯 명 남짓 되는 1학년 학생들에게 보트를 타러 간다는 공지가 전달되었다. 모두 수영복을 입고 귀중품은 가져오지 말라고 했다. 아이들은 언제나 바지, 양말, 소매에 소중한 물건을 다람쥐처럼 숨겨놓으므로, 이런 사전 안내는 현명한 조치였다.

아이들이 무리를 지어 호수로 내려가보니 두 척의 나룻배가 있었다. 선생님들이 한 척에 타고 노를 저어 나아갔다.

확성기를 들고 선생님들은 소리를 쳤다. 수면 위로 낭랑하게 교사들의 외침이 울려 퍼졌다. 이제 와, 어서들 와. 둘씩 짝을 지어서, 어느 짝꿍들이 최고의 사고를 내는지 보자.

그래서 하루 종일 아이들은 노를 저었다. 학생들은 둘씩 짝을 지어 호수로 나갔고 이렇게 저렇게 사공 노릇에 실패했다. 다들 첨벙거리며 물을 튀기고 기침을 하며 멱살이나 셔츠 자락이나 팔뚝을 잡혀 차가운 호수 물에서 끌려 나왔다.

나이가 많은 교사가 말했다. 보트 사고를 내는 데는, 제대로 된 방법도 있어. 우리가 먼저 시범을 보여줄게.

교사들은 노를 저어 배를 몰고 나갔는데, 대참사가 일어났다.

나룻배는 뒤집어지고 노 하나가 부러지고 두 교사 중 한 명은 거의 20분 가까이 행방불명되었다가 호수 저 멀리 덤불에서 나타났다.

보트 사고는 이렇게 내는 거야.

그 선생님들은 말했다. 단순히 사태의 진실을 알려주려는 게 아니야. 우발적으로 일어나는 사고에는 공통적 본질이 있단 말이야. 그리고, 사고에 그 본질이 구석구석 스며들어 있게 하는 데 그치지 않고, 어떤 의미에서 한층 증폭되게 해야 해. 사고라는 본질이 신호탄이 되어서, 직접적으로 보는 사람에게 명명백백하게 전달되어야 하지. 보는 사람의 내면에 자리한 그 인간에 호소해야 한단 말이야. 10년 전쯤, 보트에서 추락한 적이 있는 사람, 그 후로 수많은 나날을 보내고 수많은 것들을 흘려보낸 그 사람이 철저히 감정을 이입해서 완벽히 사고의 본질을 이해해야 해. 그렇게 되면 보트 사고 자체를 사라지게 할 수도 있는 거지. 예를 들어서…….

이 시점에서 교사가 보트 사고를 몸으로 재연해 보였다. 하지만 호수에서가 아니었다. 오로지 손발에 기대어 마른 땅에서 연기했다. 그러자 구경꾼들의 무리에 놀라움이 퍼져나갔다. 물 위에서와 마찬가지로 대참사가 닥쳤다. 명명백백했다. 백주대낮처럼 명확했다. 그 참사는 1인 무언극 안에서가 아니라

171

밖에서 온 것이었다.

참사는 어디서 온 걸까?

아들은 보트가 전복되고 노가 부러지고 교사의 행방을 아무도 모를 때 그 선생님이 어디 있었는지를 늘 궁금해했다. 아들과 아내와 나는 같이 분석해보려 애썼다. 계속 잠수해서 거기까지 간 걸까? 애초에 배에 타고 있기는 했던 걸까? 그런 의문들이 생겨났다. 처음에 우리에게 그 이야기를 들려준 장본인인 아내는 그 교사가 보트에 타고 있다가 숨을 참고 거기까지 헤엄쳐 간 거라고 말했다. 하지만 의구심은 남는다. 진짜 사고처럼 보이려면, 보트가 뒤집어질 때 심호흡을 하는 게 불가능하지 않을까? (미리 준비하고 있었다고 하면) 우발적인 사고라는 관념을 망치는 게 아닐까? 아주 눈에 띄지 않게, 몰래 숨을 들이쉰 게 틀림없다는 데 모두 의견을 모았다. 마술사의 눈속임 같은 건 아니기 때문이다. 보트 사고가 날 때는, 관객이 어디를 보고 있을지 미리 알 길이 없다. 얼굴을 똑바로 쳐다보고 있을 수도 있고, 그러면 사고 직전에 심호흡을 하는 건 별로 좋은 생각이 못 된다.

보트에는 처음부터 한 사람밖에 타지 않았다는 대체 이론을 생각해볼 수 있다. 교사 한 명이 노를 저어 나가서 사고를 일으키고, 다른 교사가 어디 있느냐고 물어보면서 같이 보트에 타고 있었다고 말하는 거다. 인간의 마음이 두 번째 교사가 배에 타고 있었다는 사실을 만들어낸다. 슬프게도 우리는 이렇게 쉽게 착오에 빠지고 속기 쉬운 존재다.

이런 아이디어를 내자 아들이 말했다. 그래도 그 선생님은 보트에 있고 싶을 거야. 보트에 같이 타고 있고 싶어 할 거야.

이 진술에 반박할 길은 여러 가지가 있겠지만, 이 말에는 근본적으로 옳은 구석이 있다. 렌즈 거리를 잘 맞춰보면 진실은, 그 교사들도 다른 사람과 다를 바 없는 평범한 사람이라는 거다. 전복하는 보트에 타고 있을 기회가 생기면 이런 교육적 프레임과 상관없이 덥석 붙잡을 것이다. 우리 모두 이런 경험을 해본 적이 있다. 한 무리의 사람들이 뭔가 같이 하고 싶은 일을 시작하는데 숨어서 지켜보기만 해야 하는 경험. 그러나 우리는 계약을 지켜야 하고, 계속 숨어 있어야 한다. 그래서 마음이 반으로 쫙 찢어질 지경이 된다. 즐거운 여흥에 참가하고 맛있는 음식을 나눠 먹고 싶은 욕망과 숨어 있고자 하는 확고한 의지 사이에서 갈등하느라고.

이걸 삶의 원칙으로 삼을 수도 있겠다고, 아내는 내게 말했다. 오래오래 즐거움을 누릴 수 있도록 속임수와 속임수 가운데 자리를 잡을 수도 있지 않을까. 아틀라스가 되어 세계를 떠받친들 무슨 소용이 있겠어.

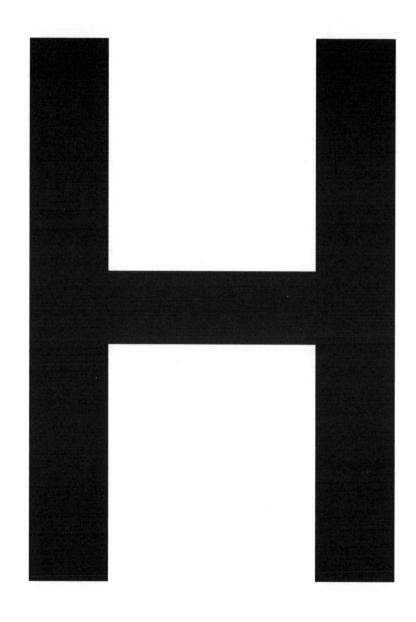

계속 운전을 하면서 점점 커져만 가는 감정이 있었다. 꼭 외과 수술만 말하는 건 아니고, 아니 물론 외과 수술도 포함되고, 내가 지금부터 하는 말이 해당되는 일이기는 하지만, 그보다 좀 더 일반적으로, 종류를 불문하고 작전을 펼칠 때, 그러니까 다시, 또다시, 거듭 공략해야 하는 일에 몰두해 있을 때는, 수단을 계속 바꿔봐야 한다는 게 내 의견이다. 실제로 그 일을 수행할 때 최고의 능력을 발휘하기 위해서는 소소한 부분에서 실험을 많이 해봐야 한다. 전통이라는 이름으로 오해를 하거나 오해를 전통으로 착각하는 사람이 너무 많다. 그러다 보면 잘못 이해한 부분들이 서로 복잡하게 얽히게 된다. 많은 경우에 이런 실수들은 논리만으로 교정할 수 있다. 그렇다면 다른 일에는 전혀 관심 없이 오로지 효율적인 기능에만 집중하면서 꼼꼼하게 최고의 결과를 추구하면 얼마나 좋을지 생각해보라. 내 경우에 인구조사가 그러했다.

별안간 우리가 이미 한 인구조사는 특별한 종류였고 앞으로는 굳이 그런 방식으로 할 필요가 없다는 걸 깨달았다. 확신이 들었다. 이제 인구조사에 대해 알고 있는 바를 활용해서 일하는 방식을 새롭게 바꿀 때가 되었다. 본질적으로 인구조사의 정신에 충실하면서도 내 인간적 오류로 인해 참담한 기만에 빠지지 않도록 잡아줄 방식이 필요했다.

인구조사의 새로운 방식

새로운 인구조사 방식은 예전의 형식적인 측면을 거부했다. 예전에는 구체적인 질문들을 던져서 다른 정보보다 선호하는 특정 정보의 수집을 유도했다면, 이제는 어떤 정보를 캐낼지 우리가 결정할 수 있다는 확신이 있었다. 윗사람의 말을 듣는 호사는 당연히 큰 즐거움이다. 그럴 때는 수업을 듣는 학생이 된 거나 다름없고, 행여 무언가를 찾아낸다 해도 찾으라고 요구된 것을 찾는다. 그러나 세상에 나와보니 어느 하나를 정해놓고 너무 열심히 찾아다니는 사람은, 혹시 그것을 찾는다 해도, 눈앞에 빤히 보이는 경이롭고 신기한 다른 것들을 못 보고 스쳐 지나가게 된다는 걸 알게 되었다.

그래서 나는 인구조사의 전형적인 작업 방식을 폐기했다. 나보다 곧이곧대로 일하는 다른 조사원들은 이 지역의 정확한 인구를 명확히 파악할 것이다. 외과의 시절에도 늘 삐딱한 면이 있었던 나는 이번에도 삐딱하게 나가기로 결심했다. 방방곡곡 마을과 도시를 방문하면서 눈여겨봐야 할 중요한 점이 무엇인지 알아내기로 했다.

어찌 보면 이게 무슨 대단히 새로운 방식인 것처럼 굴고 있는 내가 웃긴다는 생각도 든다. 아니, 그냥 노골적으로 우스운 일이다. 헤로도토스, 타키투스, 마르코 폴로 같은 과거의 여행자들도 정확히 이런 방식으로 행동했으니까. 말하자면 우리는 그들의 샌들을 신고 씩씩하게 행진해 나아간 셈이다.

이 말은 해야겠는데, 그렇다고 우리가 위험을 좇았던 전설적인 인물들과 같은 걸 찾아다녔던 건 아니다. 우리는 사소한 것들, 남들이 흘려보고 지나치는 것들을 더 좋아했다. 이제 그 사람들이 태어났을 때와는 다른 세상이다.

우리가 사는 세상에 대해 조지 허버트George Herbert(영국의 시인 - 옮긴이)가 뭐라고 했더라? 신의 자리가 지도 어느 곳에도 나오지 않는 세상에 대한 시구가 있었는데?

그러나 이제 그대는 밀폐된 심장의 한구석에 자신을 가두고 꼭 닫아버린다.

그렇게 말하지 않았던가? 우리의 인구조사는 그곳을 찾아보리라…….

다음 도시는 밧줄 공장으로 유명했다. 이곳에서는 가장 굵고 튼튼한 밧줄이 제조된다. 도크와 닻에 배를 묶는 밧줄, 말도 안 되게 무거운 물건들을 허공으로 들어 올리는 밧줄이 여기서 만들어진다. 또 다른 밧줄들도 생산된다. 가늘고 매끈한 밧줄, 거칠고 결이 쫙쫙 갈라지는 밧줄, 젖은 밧줄, 향료가 가미된 밧줄, 심지어 노끈과 굵은 실도 만든다.

밧줄 공장의 십장이 내 앞에서 흥미로운 말을 했다. 오늘은 사고가 없었네, 라고 했다.

아, 사고가 없었군요, 오늘은.

그래요.

사고가 자주 납니까?

우리는 벽에 붙은 일람표 쪽으로 걸어갔다. 지난 10년 동안 공장에서 일어난 사고 기록이 상세히 적혀 있었다.

대체로 하루에 여섯 차례였다.

심각한 사고입니까?

상주하는 의사가 있어서 보통 죽지는 않지만 끊어진 밧줄에 한 번 맞으면 사람이 확 달라지지요.

의사 선생님께 잠깐 저희와 얘기를 나눌 시간이 있을까요?

의사는 잠시 시간이 있다면서 우리를 만나주었다.

의사는 무리를 이끄는 지도자 같은 얼굴에, 배우가 대사를 읊듯 말하는 버릇이 있었다.

흔히들 입는 하얀 의사 가운 차림이었는데, 웬일인지 이 가운은 유달리 하얬다. 여기서 내가 말하는 것보다 더 하얬다.

의사는 우리와 인사를 나누고 장광설을 읊기 시작했다. 이 연설을 할 날만 몇 년째 기다리고 있었던 사람 같았다. 어쩌면 즉흥 연설이었을지도 모른다. 이런 걸 알아보는 건 정말 어렵다. 의사는 밧줄 공장 얘기를 해주겠다고 하고 실제로 해주었다. 말투와 방식이 사람됨과 직위에 완벽하게 맞아떨어졌다.

서두는 이렇게 시작했다.

과거에는 활시위의 힘으로 수백 미터 떨어진 거리의 사람을 너끈히 죽였습니다. 그렇다면 그보다 수천 배 두꺼운 밧줄은 어떨까요? 밧줄 공장의 바닥에는 여기서 흘린 사람들의 피가 흥건히 고여 무릎까지 올 겁니다. 나는 이곳이 싫어요. 밧줄도 진저리나게 싫습니다. 내가 여기서 일하는 유일한 이유는 우리 아버지가, 우리 할아버지가, 우리 어머니와 할머니가 여기서 일하셨기 때문입니다. 네 분 모두 이곳에서 목숨을 잃었지요. 그래서 나는 군대에 가서 위생병 훈련을 받았고 돌아와서 의대에 가서 의사 훈련을 받았습니다. 수지맞는 일자리를 다 물리치고 여기 와서, 돈도 못 받고 이 끔찍한 바보들을 치료하고 있지요.

우리는 양호실의 확 트인 통창 너머로 밧줄 공장을 내려다보았다. 수천 개의 밧줄이 지그재그로 작업장을 가로지르고 있었다. 밧줄이 어찌나 긴지 지구를 몇 바퀴 감고도 남을 것 같았다. 기계가 이리저리로 윙윙거리며 작동하고 있었다. 시계 소리와 비슷했지만 엄청난 굉음이 끼어들어 흡사 누가 시계를 이쪽으로 던졌다가 다시 가져가고, 던졌다가 다시 가져가는 소리가 도플러 효과로 들리는 느낌이었다. 짤깍짤깍 소리 하나하나가 살짝 길게 늘어져서 끊임없이 울렸다. 미쳐 돌아가는 소리였다. 지금 마지막으로 표현을 고르자면 이빨 가는 소리 같았다고 하겠다.

거대한 밧줄 아래 여기저기로 작은 사람 형상들이 왔다 갔다 뛰어다녔다. 부품을 들고 있기도 하고 수레 같은 걸 끌고 다니는 사람들도 있었다. 다른 사람들은 무리를 지어 서서 지시를 기다리고 있었다. 형형색색 각양각색의 작업복을 입고 있었다.

의사에게 물어보았다.

누가 제자리에서 이탈하면 알아차리는 게 중요해요. 공장 직원 전원은 특정 구역에 머물러서 정확한 통로에 발을 딱 붙이고 있어야 합니다.

작업장 바닥에도 다양한 색깔의 페인트로 이동 경로가 그려져 있었다.

신체가 손상된 채로 여기 실려 오는 사람들, 사고 희생자들은 자기 구역을 이탈한 건가요?

내 뒤로, 환자 한 명이 이의를 제기하기 시작했다.

의사가 쉿, 하고 환자의 말을 가로막았다. 의사는 양호실 환자들 모두에게 사제와 같은 권위를 행사했다. 나를 돌아보는 의사의 표정이 험악했다.

오히려 그 반대로, 지금 말씀하신 대로 환자들은 희생자입니다. 노동자들은 매일의 일과를 굉장히 중요하게 생각하고 위치를 이탈하는 경우가 거의 없습니다. 오히려 기계의 운전 방식 자체가 필수적으로 무모한 짓거리를 전제로 돌아가게 되어 있지요. 그 말은, 밧줄 기계를 안전하게 조작할 길이 없다는 얘깁니다. 이 세상에 안전하게 밧줄을 만드는 공장은 없어요. 공장 뒤로 돌아가보면 장대가 쭉 꽂혀 있는 공터가 나올 겁니다. 장대마다 유리로 된 매듭이 걸려 있어요. 여기가 공장 노동자들의 묘소입니다. 휴식을 취할 때도, 반절의 일을 끝내고 배급 식량을 먹을 때도 여기에 가지요. 이 오래된 전통은 죽음이 얼마나 가까이 있는지, 얼마나 불가피한지 상기시켜 주기 위해서 생겨난 겁니다. 어린 시절에는 저도 밧줄 공장의 노동자가 될 거라고 생각했어요. 일말의 의심도 품지 않았죠. 오히려 자랑스러운 일이었어요. 그 이상의 꿈은 품지도 않았어요. 하지만 아버지가 한 발 먼저 조치를 취하셨죠. 어느 날 집 뒤편으로 나를 부르시더니 시가 커터를 꺼내서 이렇게 하셨습니다.

의사는 내게 양손을 보여주었다. 엄지가 있어야 할 자리에는 둥글고 핏기 없는 그루터기뿐이었다.

그는 한쪽 검지로 사라지고 없는 엄지 자리를 쓸었다. 아시겠죠, 그래서 저는 밧줄을 만들 수 없습니다. 앞으로도 결코 만들 수 없겠지요. 당시에는 이렇게 똑같이 따라 한 집이 몇 가구 더 있었어요. 그리고 이런 행동으로, 바로 이 행동으로 공장의 조건이 조금 개선되었습니다. 그때는, 그때는 지나치게 상황이 악화되고 있었어요.

환자 몇 명이 다가와 우리 주위에 둘러서서 이야기를 경청했다.

하지만 의사 일은 어떻게 하시는 겁니까? 내가 물었다. 손가락 때문에 어렵지는 않으신지요?

의사는 담당 환자들을 내려다보며 내 질문을 곰곰 생각하는 듯했지만, 막상 내게로 고개를 돌렸을 때는 나를 까맣게 잊은 얼굴이었다. 의사 일이요? 이 일이요?

그는 무뚝뚝하게 내뱉었다. 한마디 한마디를 실처럼 꼬아서 잘라 말했다. 아, 어려울 것 없습니다. 전혀 어렵지 않아요.

우리는, 그러니까 아들과 나는 밖으로 나가 공장 뒤로 돌아가 보았다. 사실이었다. 의사가 말한 그대로였다. 공터는 공장 부지 크기에 육박했다. 그러니까 소도시 하나 크기 정도로 끝도 없이 펼쳐져 있었다는 말이다. 공장은 거대한 야산에 자리하고 있었다. 옛날에 전투를 치를 때 전장으로 쓰던 야산, 양편 군대가 마주 보고 도열할 수 있는 야산이었다. 장군들을 위한 야산이었고, 도저히 잊기 어려운, 그러나 끝내 잊히고 마는, 아마도 잊혀 마땅한 날들을 위한 야산이었다. 언덕마루를 차지한 공장은 2킬로미터 가까이 이어졌다. 그리고 공장 너머 언덕 등성이를 따라 묘지가 펼쳐졌다. 그 면적이 어마어마하게 넓어서 보통 묘지를 관리하듯이 돌볼 길이 없었다. 무덤과 무덤 사이에는 잔디가 아니라 온갖 잡초가 무성했고, 행여 잔디가 있다 해도 일부러 가꾼 게 아니라 우연히 자랐을 뿐이었다는 얘기다. 우거진 나무와 식생이 끝도 없이 늘어선 장대들이 뿜는 독한 기운을 중화했다. 그 의사의 말대로 장대마다 유리로 된 밧줄 매듭이 걸려 있었다. 언덕을 따라 내려갈수록 나무가 점점 더, 점점 더 많이 자라고 덤불도 빽빽해졌다. 우리는 이리저리 염소처럼 경중거리고 뛰면서 끝까지 내려갔고, 내려가면서 유리 매듭이 달라지는 모습을 눈여겨보았다. 5~6킬로미터를 내려가서 한 지점에 다다랐을 무렵에는, 더럽게 녹슨 장대에 걸린 돌 매듭으로 다 변해 있었다. 거기서부터는 성긴 숲 사이로 언덕 밑으로 몇 킬로미터 떨어져 인접한 소도시의 외곽 지역이 시야에 들어오기 시작했다. 한번은 끔찍한 호흡곤란이 와서 걸음을 멈추고 잡풀이 웃자란 무덤 사이에 벌러덩 드러누워야 했다. 아들은 내가 장난을 친다고 생각하고 혼자 내쳐 달려가버렸고 나는 한 시간 뒤에 한참 더 먼곳에서 아들을 찾을 수 있었다. 드디어 우리는 나무들을 헤치고 도로로 나왔고, 그 도로를 따라가서 더 넓은 도로에 다다랐다. 우리 스태포드는 공장 밖에 주차해두고 내려왔지만 얼마 후 공장까지 데려다주겠다는 친절한 분을 만날 수 있었다. 운전사의 얼굴은 벌써 기억이 나지 않는다. 베푸는 친절을 받는 주제에 얼마나 무심할 수 있는지, 충격적일 정도다. 그런 분의 얼굴은 기억해야 마땅한데 도저히 기억이 나지 않는다. 아들은 기억할지도 모른다.

마음에 계속 걸리는 의문이 하나 있었다. 내려가는 길 내내 나는, 어째서 공장에서 이렇게 먼 곳에서부터 묘지가 시작되었을까 계속 궁금했다. 제일 오래된 묘지가 공장 바로 옆에 있어야 하는데. 어떻게 그런 일을 거꾸로 할 수가 있지? 그 의문은 일종의 퍼즐이었고 끝까지 나를 괴롭혔다.

그 때 야산을 걸은 게 실수였던 모양이다. 아무래도 무리였다. 그 후로 며칠은 방을 빌려 자리보전을 하고 친절한 노부부한테서 숟가락으로 음식을 받아먹으며 지냈다. 노부부는 가게를 하나 운영하며 가게 윗집에 살았다. 여행객들이 오면 가끔 한 번씩 방을 빌려주는 눈치였지만, 내가 보기에 그리 많은 사람이 오간 것 같지는 않았다. 가게 한쪽은 여성용 모자 전문점이고 다른 한쪽은 잡화상이었다. 그런 도시에서 여성용 모자를 몇 점이나 팔 수 있는지 모르겠다. 수익은 대체로 잡화상 쪽에서 냈을 것이다. 내가 침대에 누워 있는 동안 아들은 가게 일을 도왔다. 노부부는 아들에게 금세 정을 붙였고, 그 애가 하고 싶어 하는 일이 무엇인지 정확히 파악했다. 아들은 일이 자기 마음에 들게 진행되면 말수가 적어지곤 했는데, 가게 일을 할 때 딱 그랬다.

왜 그분들이 그렇게 친절하게 대해주었는지는 알 수 없다. 하긴 꼭 이유가 있어야 하는 것도 아니다. 하지만 이유가 있어서 친절을 베푸는 사람도 많으니 동기를 찾아봐서 나쁠 건 없다. 그렇다고 숨은 동기를 너무 열심히 찾아서 득 될 것도 없지만 말이다. 하지만 그분들은 우리가 밤늦은 시각에 도착해서 (셋방이 있다는 안내문이 문 위에 붙여져 있는 걸 보고 문의하려고) 노크를 했으니 십중팔구 자다가 깼을 텐데도 예측하지 못한 친절로 우리를 반겨 맞아주었다.

이틀 후에 나는 아담한 방의 창가에 앉아 있었다. 방 안은 전체적으로 배 그림들로 장식되어 있었지만 한쪽 벽면에만 낫이 하나 걸려 있었는데, 사신의 무기로 죽음을 쫓으려는 의도였을 것이다. 주인아주머니는 내 건너편 의자에 앉아 계셨다. 수프 한 그릇을 주고 나면 전에는 금방 방을 나가시곤 했다. 하지만 그날은 머물렀다. 맞은편 의자에 앉아 양손으로 가지런히 탁자를 짚고 있었다.

선생님께 드릴 얘기가 있어요, 아주머니가 말했다. 우리 딸이 아드님 같았어요. 그 애는 세상을 떠난 지 몇 년 됐지요. 우리는 그 애를 키웠고, 그 애는 여기서 우리와 살면서 우리가 하는 모든 일을 함께했어요. 수월하지는 않았지만 바느질도 좋아했고 사람들을 놀래키는 일도 좋아했죠. 막상 자기가 놀라는 건 싫어했어요. 아무도 그 애를 놀라게 하지 않았지만요. 선생님께 딸애 이야기를 하고 싶었어요. 요즘은 아드님이나 우리 딸 같은 사람들을 아끼고 배려해주는 사람을 찾기가 너무 힘들거든요. 심지어 요즘은 낳지도 않는다면서요. 아드님과 함께 계실 때 보면 선생님도, 선생님도 우리가 본 진실을 보고 계신다는 걸 알 수 있어요. 그 애들이 세상을 바라보는 눈은 우리와 하나도 다를 게 없다는 걸요. 그리고 어쩌면, 어쩌면 우리보다 훨씬 더 맑은 눈으로 보고 있을지도 모른다는 사실을요.

선생님께서 알아주셨으면 했죠. 요즘은 이런 사고방식이 별로 공감을 얻지 못한다면서요. 남편은, 선생님은 이미 다 알고 계시니까 굳이 말씀드리지 말라고 했어요. 하지만 제가 말씀을 드리고 싶었어요. 두 분이 함께 여행하는 모습을 세상 사람들이 보고 아드님도 살면서 기쁨을 누릴 수 있다는 걸 알게 되는 거, 참 얼마나 큰일을 하고 계신지 선생님은 모르실 거예요. 우리는 두 분처럼 여행을 많이 하는 사람들이 아니라서 딸아이에게 세상 구경을 시켜주지는 못했지만 최소한 남들 눈을 피해 딸아이를 집 안에 가둬두지는 않았답니다. 우리 딸은 아침마다 밖에 나가서 마음대로 동네를 돌아다녔고, 동네 사람들이 다 알았어요. 동네에서 다들 이해해주는 분위기가 형성되면 누구나, 한 사람도 빠짐없이 누구나 보호자를 자처하게 되죠. 딸이 남들에게 주었던 게 있다면 한시적인 소명감이었어요. 참된 선물이었죠. 대도시에서는, 그러니까 다른 곳에서는 사람들이 잔인하게 굴 수 있다는 건 알고 있어요. 실제로 딸에게 못되게 군 이들도 있었어요. 하지만 여기서는, 어떤 마음이 자라났어요. 그 애가 살기에 좋은 동네였고, 그 애가 죽었을 때 다들 그리워했죠.

아주머니는 일어섰다. 나는 바라보았다.

아주머니는 방을 나갔고 나는 앉아서 숨을 쉬었다. 빛이 사위어 창밖이 어두워질 때까지 그냥 숨쉬기만 하면서 앉아 있었다.

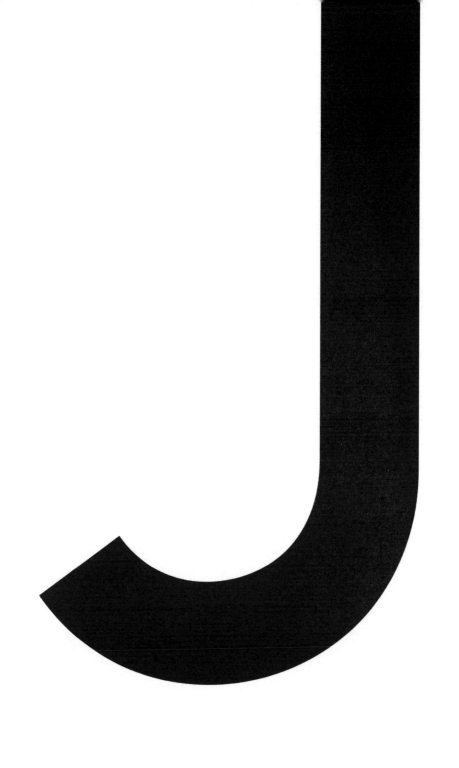

무터가 쓴 글을 보면 이름은 언제나 일종의 비겁함이라
는 말이 나온다. 사물에 잠재된 가능성을 보는 게 아니
라 현상에 가둬두려는 시도이기 때문이란다. 무터의 글에 따
르면 가마우지의 혈족은 가마우지로 남을 수가 없다. 얼마나
변화했을 때 새로운 종이라고 간주되는 걸까? 누가 이런 걸 알
정도로 현명할까? 이런 변화는 한 세대 만에, 어머니와 딸, 아
버지와 아들 사이에서 이뤄지는 걸까? 무터는 가끔 가마우지
에게 쓰이는 섀그shag라는 이름을 좋아하지 않았다. 하지만 사
실 무터는 그런 이름으로 불리는 가마우지의 변종을 좋아하
지 않았던 거다. 그중에서도 특히 볏이 있는 부류를 싫어했다.

무터의 작품에서 끝도 없이 이어지는 독설을 읽다 보면 그
녀가 과거에 볏이 있는 물건과 – 새든 투구든 언덕이든 말이
다 – 좋지 못한 경험을 했던 게 아닐까 의심하게 된다.

내가 이런 얘기를 꺼낸 이유는 인구조사가 이름을 전혀 중시
하지 않는 문서이기 때문이다. 조사 대상이 이름이 있든 없든,
이름이 무엇이든 센서스는 어차피 모른다. 우리는 그저 소중
한 개인 정보를 얻어갈 뿐이다. 그저 개인 정보를 이중으로 제
공하는 일이 없도록 표식을 해주고 다음 갈 길을 갈 뿐이다.
그저 그뿐이다. 그냥 그것만 하면 된다. 굳이 이름을 알 필요
는 없다.

내가 보기에 구별한다는 건 훌륭한 일이다. 하나의 사물을 다른 사물과 별개로 파악하고 사물을 부분으로 나누어 부분인 동시에 전체로 바라보아야 한다는 점에서 그렇다. 그런데 눈에 띄는 모든 사물을 이렇게 파악하다니. 낟알과 가지를 한눈에 훑어보고 땀구멍과 팔다리와 도약을 총체적으로 본다는 것. 그러나 이런 구별 행위는 많은 경우 또 다른 행위와 떼려야 뗄 수 없이 얽혀 있다. 즉 각 부분의 이름을 지어주어야 한다는 말이다. 각 부분에 이름을 짓고 그 이름을 외우는 이런 행위는 각 부위를 구별하는 탁월한 재주와 동일시된다. 하지만 명명하고 이름을 외우는 행위는 특정 부분을 따로 논하는 선택을 할 때만 쓸모가 있다. 체감되는 경험의 경이로움은 이름이 아니라 구별 그 자체에 있다.

그렇다면 나는 이름이 없는 세상을 변호하고 싶다. 존재하는 대로 사물을 보고, 있는 그대로 인상을 받는 세상. 사물이 남긴 인상이 우리 안으로 밀려들어와 영원히 우리를 바꾸어놓는다. 나는 우리 아들이 그런 세상에 살고 있다고 믿는다.

반면 나는 정말로 이름을 좋아하고 이름을 수집한다. 이름에는 힘이 있다는, 그런 오래된 생각을 좋아한다. 그보다 더 좋아하는 건, 이름을 말하는 것이다. 이런저런 언어에서 활용하는 작명 체계는 내 식견으로 가늠할 수 없어도 여전히 강렬한 아름다움을 발산한다. 이름이 열거된 명단을 보거나 누군가가 이름 부르는 소리를 듣는 것보다 더 좋은 일은 없다.

우리는 정반대의 두 가지 사물을 한꺼번에 느끼면 안 되나?
그러면 누구한테 죄를 짓는 걸까?

말을 하지 않아도 타인에게 영향력을 행사할 수 있다는 관념은 유서가 깊다. *육신은 모두 이어져 있다.* 셰이프 학교가 주창한 관념을 반복해 말해보았다.

학생들은 기쁨, 놀람, 분노 같은 감정을 받고 다음 학생에게 그 감정을 전달하라는 지시를 받았다. 감정을 전달받는 학생은 아무 일도 하면 안 된다는 조건이 있다. 관객으로서 눈앞에서 이루어지는 행위를 반박해서도 안 되고 금욕적으로 억눌러도 안 된다. 이런 금지 사항을 초월해서 가만히 앉아 한 인간으로 감정을 느끼는 게 과제다. 그러면 첫 학생이 와서 자기가 느끼는 분노를 두 번째 학생이 똑같이 느끼게 하려고 노력한다.

이 과제의 장애물은 보통 감정을 한 사람에게서 다음 사람으로 전달해주는 다리가 거울이 아니라는 데 있다. 누가 화를 내면 오히려 보는 사람은 겁을 내고, 누가 겁을 내면 오히려 보는 사람은 화를 내거나 재미있어 한다. 누가 슬퍼하면 역겹게 싫은 감정이 들 수도 있다. 감정에 동화하는 것만으로 타인에게 같은 감정이 전해지기를 바라서는 안 된다. 물론 군중은 언저리에 있는 개인에게 효과적으로 감정을 전달할 수 있다. 공포에 질린 군중은 소름끼치게 무섭다. 틀림없이 누구나 이런 경험이 있을 것이다. 마찬가지로 분노한 군중은, 분노의 표적이 아닌 사람에게 분노를 유발할 수 있다. 군중과 함께 화를 내는 건 아주 수월한 일이다.

따라서 어찌 보면 우리는 거기서 출발한다. 타인에게 감정을 보내려는 사람은 어떻게든 군중의 복수성plurality을 획득해야만 한다. 그러려면 다음 두 가지 중 하나를 해내야 한다. 본인이 수많은 군중의 일원처럼 보이거나, 아니면 다루는 대상이 스스로 몹시 미미한 존재라는 자각을 갖게 하든가. 후자는 관객의 삶을 보잘것없는 것으로 비하하거나 사기를 꺾는 행위에 반대하는 교육관을 지닌 셰이프 학교 교직원들이 용인할 수 없는 방법이므로 남는 대안은 전자뿐이다. 그렇다면 혼자서 어떻게 군중이 될 수 있을까?

정말로 어떻게?

셰이프 학교의 교육관과 교육 방식은 아들이 태어난 후 아내에게 큰 도움이 되었다. 아들을 어떻게 대하고, 어떻게 가르치고, 어떻게 도와줘야 하는지 제대로 아는 사람은 아무도 없었다. 그냥 하고 싶은 대로 내버려두는 것, 즉 방치가 최고라는 게 통념이었다. 그러나 이런 접근은 범죄나 다름없었다. 다행스럽게도 앞서 말했듯 우리는 그래도 활용할 수 있는 자원이 있는 편이었다. 아내가 수천 가지 희한한 생각으로 가득 찬 괴짜였기 때문이다.

셰이프 학교에서는 제일 처음에 인내심을 가르친다. 타인의 마음을 움직이기 위해 어떤 행위를 한다. 그다음에는 행위의 효과가 나타날 때까지 참을성 있게 기다려야 한다. 효과가 나타나는 조짐을 배우면 그렇게 오래 기다리지 않아도 되는 게 아닐까 생각할 수도 있다. 하지만 아내가 입버릇처럼 말한 건, 어떤 말이나 행동의 효과가 나타날 때까지 몇 년이 걸릴 수도 있다. 꿈속에서 한 장면을 되짚어볼 수도 있고, 또 언제 어떻게 나타날지는 아무도 모른다! 우리의 행동은 메아리로 울려 퍼진다. 인간이란 떨림이다!

아무튼 아내는 참을성이 아주 많았고 아들과 한 가지 일을 하고 나면 기다리면서 결과를 살핀 뒤 또 다른 일을 해보고 또 결과를 기다리고, 언제나 끈질기게 같은 행위를 반복하면서 열성적으로 그 결과를 강화했다. 특별히 정해둔 결과를 기대하는 일은 없었다. 한 프로젝트에 우리 모두 같이 매달리고 있다는 사실을 아들이 아는 게 무엇보다 중요했다. 우리 삶이라는 프로젝트. 그 프로젝트의 일원으로 참여한 아들은 더 이상 바랄 게 없었다. 생각해보면 우리 모두가 원하는 바가 아닌가? 그 애라고 뭐가 다르겠는가?

아내는 죽기 전해에 이런 말을 자주 했다. 아들을 키우게 된 후에 직업적 광대로 더 일하지 못한 게 아쉽다고. 아들을 양육한 경험을 통해 공감과 이해의 능력이 1,000배는 높아졌다고. 나 역시 마찬가지였다고 진심을 다해 말할 수 있다. 아들을 낳고 키운 덕분에 나는 훨씬 좋은 의사가 되었다. 기본적인 입장을 확고히 다졌기 때문이다. 누구한테도 특별히 기대를 품지 않고 누구라도 얕보지 않아야 한다는 걸 알았다. 자기평가에서 나오는 겸손이 아니라 자신만만하게 가치판단을 내리거나 예측을 할 수 없기 때문에 가질 수밖에 없는 겸손을 갖게 되었다. 알다시피 나는 그런 입장에서 인구조사 일을 맡게 되었다.

아무튼 앞서 말한 꾸준한 프로젝트, 아내와 아들과 내가 함께 착수한 우리 삶의 프로젝트는 싸늘하게 식은 아내의 몸이라는 형태로 실패했고, 아들과 나는 뭔가 엄중한 조치를 취하고 현 상황을 재평가하지 않으면 안 되는 지경에 내몰렸다. 우리에게는 그 조치가 인구조사 작업이었다. 그래서 우리는 일을 시작했다. 북쪽으로 올라가면서 한 구역 한 구역씩 지나쳤다.

B, C, D, 기타 등등. E와 F와 G.

뭔가 다른 일을 할 수도 있었던 걸까? 재평가 작업이 백팔십도 다른 형태로 이루어질 수도 있었던 걸까? 아들과 함께 유람선의 승객이 되어 바다를 항해하면서 하얀 장갑을 낀 웨이터 사이에서 저녁식사를 하면 어땠을까? 하지만 그런 건 우리가 살아온 삶의 정신에 위배된다. 그러니 최소한 그런 사태는 일어나지 않았을 테지만, 또 다른 가능성이라면? 뭐라 말하기 어렵다. 아들, 그리고 나와 함께 전국을 여행하는 게 아내의 바람이었다는 걸 알고 있었기에 아내의 죽음을 기점으로 그 기억이 머릿속에서 굳어져 거스를 수 없는 명령이 되었다. 아무런 목적이 없는 단순한 여행은, 뭐라고 말해야 할까, 그런 여행에서는 선택을 내린다는 게 불가능하거나 아주 어렵다. 이상하지만 인구조사는 아내의 빈자리를 채워줄 수 있었다. 예전에는 아내와 아들, 내가 있었다면, 이제는 나, 아들, 인구조사라는 전혀 다른 삼각조가 있다. 공통의 목표로 연대한 우리는 굳이 경이로워할 필요가 없었다. 단순히 느낄 수만 있으면 되었다.

강을 건너 J에 다다랐을 때, 우리는 하고 싶고 갖고 싶은 좋은 것들에 대해 얘기하고 있었다. 날이 서서히 저물고 있었기에, 다른 사람들이 다 그렇듯, 우리도 저녁식사로 뭘 먹을까 의논하기 시작했다. 나는 수프 같은 음식을 먹고 싶었다. 야채수프와 그릴 치즈 샌드위치 같은 것. 길가의 간이식당이라면 어디서나 파는 음식 말이다. 아들은 햄버거를 먹고 나서 파이를 좀 먹는 걸로 마음을 정했다.

하지만 J에는 이제 사는 사람이 아무도 없었다. 주도로도, 우리가 건너온 다리도 상태가 썩 괜찮았지만 J는 문을 닫은 가게들, 무너진 지붕들, 명랑하고 야만적인 식물의 손이나 어린 나무의 손가락에 쩍쩍 금이 간 콘크리트만 즐비할 뿐이었다.

우리는 계속 가야 되겠다, 내가 말했다. 제일 좋은 계획은 땅콩을 까며 계속 차를 몰고 달리는 것이었다. 운전을 하면서도 가고 싶었던 간이식당과, 먹고 싶었던 수프에서 모락모락 올라오는 김 생각을 뇌리에서 떨칠 수가 없었다.

아내가 아들에게 실망했다고 생각지 않는다. 자책을 하거나 나를 원망했다고 생각지도 않는다. 세상사에 대한 아내의 이해는 그렇게 빈곤하지 않았다. 그러나 아내가 가끔씩, 우리가 좀 더 많은 일을 했다면 얼마나 좋을까 아쉬워했던 건 안다. 아내가 세상을 떠나고 없는 지금 돌이켜보니 또렷하게 이해된다. 아내가 소망했던 일들이 있었는데, 우리는 그런 일들을 하지 않았고 할 생각도 없었다. 어떤 아이든, 아이들은 다 그럴 테지만 항구적인 보살핌의 손길이 필요한 아이들은 특히 그렇다. 나는 아들 때문에 미안하다는 말 같은 건 절대 하지 않았고, 아내 역시 그 문제에 대해서는 입을 다물었다. 불행의 감정이 있었다 해도 그건 추상의 영역에 그쳤다. 구체적인 현실을 말하자면, 우리는 아들을 가진 걸 행운으로 여겼고 언제까지나 그 애 곁에서 아끼고 보살펴줄 사람이 되어줄 수 있어 행운이라고 생각했다. 짐을 짊어짐으로써 비로소 누리는 자유를 설명하며 우리 모두는 자신의 짐을 찾아 헤맨다고 주장하는 철학책을 몇 권 읽은 적이 있다. 자기가 짊어질 짐을 찾을 때까지 우리는 끔찍한 구속에 시달리며 사실 제대로 살지도 못한다는 것이다.

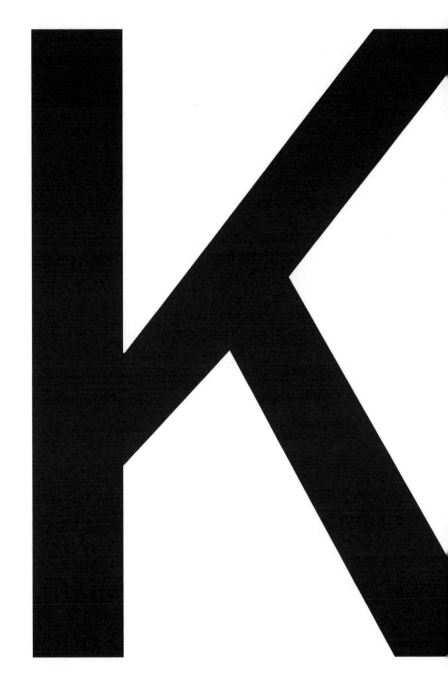

아침 일찍 도착한 옆 도시의 사람들은 J에 대한 이야기를 들려주었다. 광산이 붕괴해서 유일한 주축 산업이 몰락했다고 한다. 그 후로 모든 게 사라졌고 사람들은 도망을 쳤다. 노인 한 명이 아직 거기 살고 있는데. 혹시 보셨나요?

소도시 하나가 아니라 강을 끼고 늘어선 서너 개의 소도시가 어우러져 군집을 이룬 K의 주력 산업은 농업이었다. 양편으로 탁 트인 벌판이 펼쳐져 있었다.

표식을 하는 사이 어떤 남자가 말해준 농업의 문제는, 만사가 잘못된다는 것이다. 농부로 산다는 건 최후의 최후까지 다 잘못되는 사태에 익숙해지는 일이다. 농부 말고는 아무도 공평하다는 말의 진의를 이해하지 못한다.

공평하다는 데 이해할 만한 게 있나요? 내가 물었다.

전혀 이해가 안 된다는 걸 알아야죠.

남자의 아내가 기침을 하며 우리에게 커피가 든 머그잔을 내밀었다.

광부들은 땅에서 귀한 광석을 꺼내기만 하면 금세 부자가 된다고 생각하죠. 하지만 광산이 무너지면 어떻게 되죠?

나는 광부도 힘든 직종인 줄 알았다고 말했다.

아, 힘든 일이죠. 그럼요, 아주 힘든 일이에요. 하지만 그 작업에 자기가 투자하는 게 있습니까? 예? 결실을 맺기를 기다려요?

남자가 무슨 말을 하려는 건지 잘 이해가 되지 않아서 커피를 마셨는데 맛이 끔찍했다. 그래도 맛있다고 말하고 감사 인사를 했다. 그 남자와 센서스 조사를 마치고 나서 나는 남자의 아내와 함께 집 뒤편으로 가서 농장의 들판이 내려다보이는 창가에서 해야 할 일을 했다. 그녀는 벤치에 나와 나란히 앉아 있었고 난 금세 그녀의 여성성을 느꼈다. 남자라는 게 있고, 여자라는 게 있고, 소년이라는 게 있고, 소녀라는 게 있고 끝도 한도 없다. 물론 한 여자가 다른 여자보다 더 여성적이거나 할 리가 없다. 세상의 모든 사람은 자기가 좋은 대로 살고, 나아가 자기 모습을 무에서 창조할 자유가 있다. 하지만 문화적으로 여성적이라는 의미로 유통된 가치를 심오하게 체현하는 사람들이 있다. 문화적인 여성성이 취해야 한다고 간주되는 외양을 지닌 이런 사람들은 독특하게 강렬한 여성성의 분위기로 온몸을 감싸기도 한다. 심지어 젊음이나 늙음과도 상관이 없다. 내가 말하는 자질은 전혀 다른 얘기다. 심지어 나는 그런 여성성을 발산하는 남자들도 만나본 적이 있다. 이 여자와 나, 우리는 벤치에 나란히 앉아 있었고 나는 눈을 감고도 그녀를 그릴 수 있었다. 그 자질의 일환이다.

그녀는 오래전의 자신에 대한 이야기를 하나 들려주었다. 그 이야기가 내가 그녀에게 바랐던 모든 것의 요체였기에, 센서스 조사원으로서 나는 그 이상 바랄 게 없었다.

그녀는 말했다. 남편을 만났을 때, 나는 다른 사람과 결혼한 상태였어요. 그 사람, 내 첫 번째 남편은 P의 화학 공장 십장이었죠. 이 길을 따라 계속 북쪽으로 올라가다 보면, 결국 거기에도 가시게 될 거예요. 우리는 아주 커다란 집에 살았고 딸둘이 있었어요. 나는 마을에서 가장 예쁜 처녀였고 사람들은 언제나 내게 복이 넘친다고 했어요. 참 복 많은 줄 알아, 다들 그렇게 말했죠, 딸 둘이 엄마를 꼭 닮았어. 하지만 우리 딸은 둘 다 죽었어요. 남편이 옷에 묻혀온 유독 물질이 있었는데, 어쩌다 아이들한테 옮은 거예요. 세 살, 다섯 살이었어요. 시신이 얼마나 작았는지 기억나요. 나한테 뭐라고들 하는지 하나도 알아들을 수가 없었어요. 내가 할 수 있는 일은, 그와 헤어지고 아예 없었던 일인 척 사는 것뿐이었어요. 작은 가방 하나만 달랑 들고 버스를 탔어요. 이 마을에 왔죠. 두 번째 남편과 결혼하고 할 줄 아는 일을 했어요. 우리는 또 다른 여자애를, 딸을 낳아서 키웠어요. 바로 다음해에 태어났어요.

나는 죽은 딸들의 이름을 따서 그 애의 이름을 지었어요. 딸아이의 첫 번째 이름은 큰딸 이름이고, 가운데 이름은 둘째딸 이름이에요. 모두 합치면 우리 셋 모두의 이름이었죠. 나도 내 성을 그대로 썼거든요. 그 애도 이제는 가고 없어요. 학교에 간다고 떠나서 다시는 돌아오지 않았어요. 그건 그래도 이해가 돼요. 간다는 사람한테 붙잡고 매달릴 수는 없잖아요? 하지만 이 다른 문제는 잘 모르겠어요. 딸한테 죽은 애들의 이름

수로

을 붙여주고, 그 이름을 다시 쓰는 게 무슨 위로가 되었던 걸까? 왜 우리는 있는 그대로가 아니라 다른 것들과 조금이라도 닮은 데가 있다고 우기면서 아끼고 기리는 걸까? 그게 말이 되나?

그건 말이 안 되죠, 내가 말했다. 하지만 이해할 수 있었다. 어째서 그랬는지 알 것 같다는 느낌이었다. 남편 생각은 어땠냐고 물어보았다.

남편은 몰라요. 말한 적 없어요.

하지만 언젠가는 그 얘기를 터놓을 수 있는 사람이 생길 거라고 믿었고 마음이 급하지도 않았어요. 항상 할 일은 충분히 많았거든요, 그녀는 그렇게 말했다.

우리가 내다보는 들판은 황량했다. 걸리는 것 하나 없이 판판했다. 겨울이었고 하늘 끝에서 끝까지 구름이 걸려 있었다. 저 멀리 수목한계선에서 새 한 마리가 물처럼 고요한 풍경을 흐트러뜨렸다. 어딘가에 다다르면, 매번 세상의 다른 곳과 한없이 멀고 까마득하게 떨어져 있다는 기분이 된다. 그런가 하면 벌떡 일어나기만 하면, 유체 이탈이라도 어디든, 가고 싶은 다른 곳 어디든 훌쩍 갈 수 있을 것만 같기도 하다. 그런 기분을 아는가? 동시에 그런 감정을 느껴본 적이 있는가?

소소하고 활기차게 색채와 재질을 다룬 손길이 집 안 전체를 장식하고 있었다. 내 눈에는 스웨덴 풍으로 보였다. 다시 창밖을 내다보았다. 가느다란 기둥 같은 서광이 그림처럼 구름에서 내리꽂히고 주변의 들판은 그늘져 빛을 잃었다. 그리고 기둥이 넓게 퍼지더니 사라졌다 갑자기 커지고 들판이 온통 빛으로 물들었다. 만물이 또렷하게 초점이 잡혔다. 그리고 다시 구름이 뒤덮었다.

그 여자는 내가 예전에 알던 사람과, 창밖으로 몸을 던진 내환자와 닮아 보였다. 내가 그녀의 다리와 팔을 고쳐주었고 그녀는 보답으로 가끔 이런저런 것들이 들어 있는 바구니를 보내주었다. 아내는 그녀를 좋아했다. 나는 별로 좋아하지 않았다. 아내는 언제나 내게 물었다, 당신은 왜 그분을 안 좋아해? 그래서 나는 이것저것 없는 이유를 만들어서 둘러대곤 했다. 개를 너무 많이 키워, 그런 걸 다 알 리가 없잖아, 해가 나는데 비옷을 입으니까 그렇지. 이런 게 나와 아내가 서로에게 말하는 방식이었다.

하지만 나와 그 방 안에 함께 있는 사람은 내가 싫어하는 여자가 아니라 내가 알지도 못하고 알 수도 없는 농장 여주인이었다. 그녀와의 상호작용에는 내가 낄 자리가 없었다. 좋고 싫고를 떠나서 인구조사 일로 찾아왔기 때문이다.

나한테 또 질문하실 건 없나요? 그녀가 물었다.

오랜 세월이 지났는데요, 내가 물었다. P를 다시 찾으신 적이
있나요? 첫 번째 남편분을 만나신 적이 있나요, 그 십장이었
다던?

틀림없이 자살했을 거라고 생각하고 싶어요. 분명히, 분명히
자살했을 거예요.

그녀가 '자살'이라는 단어를 말할 때 사투리가 들렸지만, 나
는 어디 사투리인지 알 수가 없었다.

제스름

선생님은 어떻게 생각하세요? 그녀가 물었다. 그런 상황에서
어떻게 하시겠어요? 그냥 자기 손으로 목숨을 끊지 않으시겠
어요?

우리가 다른 방으로 돌아와보니 아들이 농부와 체커를 두고 있었다. 아들은 킹이 세 개 남아 있었고 스스로 꽝장히 뿌듯해하고 있었다. 게임은 대성공이었다. 농부에게는 킹이 하나밖에 없어서 미래가 암울했다.

나는 보드 앞에 쭈그려 앉은 두 사람의 사진을 찍었다. 아들은 코트도 껴입고 있었는데, 농부는 소매까지 걷어붙이고 있었다.

농부는 그 순간, 내가 사진을 찍은 그 순간 아들에게 비긴 것으로 하자고 조르고 있었다. 대답 대신, 원래도 느긋하지만 즐거운 순간에는 절대 서두르지 않는 아들이 남은 킹 셋 중 하나를 — 어차피 어느 킹이든 무슨 상관이랴 — 옮기더니 옥수수 알들이 해처럼 노랗게 널브러져 있는 보드를 내려다보며 미소를 지었다.

이 나라는 누구의 상상보다도 크다. 그리고 훨씬 더 많은 걸 담고 있다. 어찌나 많은 걸 포괄하는지 어떤 조사든 오류는 불가피하다. 비행기를 타고 날아다니면서 빠짐없이 항공사진을 찍는 수밖에 없다고 믿는 사람들도 있다. 문제는 하늘에서 내려다본 광경은 전혀 딴판이라는 데 있다. 나는 수도 북부를 찍은 사진도 많이 보고 이런저런 이야기도 많이 들었다. 우리와 비슷한 여행을 하며 길을 따라 Z까지 갔던 다른 이들의 이야기도 들었다. 하지만 L보다 더 북쪽에 있는 지방에 대해서는 들은 바가 거의 없다.

아들과 내가 K를 훌쩍 등지고 한참 경사로를 따라 내려가는데, 김이 뿌옇게 서린 창밖으로 눈앞과 양편으로 쫙 펼쳐진 기나긴 계곡이 나타났다. 남은 여정은 이제 일종의 산업 지옥 사이사이로 띠처럼 가로지르는 황무지로 이루어져 있다. 황무지라고밖에 표현할 수 없지만, 사실은 버려진 경작지, 더 이상 뽑아먹을 게 없어진 소읍들, 그리고 그 주위의 땅이다.

병세가 갈수록 나빠져서 운전이 버거울 정도가 되는 바람에 또 차를 멈추고 쉬어야겠다는 생각이 들었다. 아무래도 며칠 차를 세우고 쉬어야겠다 싶었지만 처음 찾은 모텔은 꿍장히 더러웠고, 방을 잡았는데도 아들이 들어가지 않으려 했다. 우리는 결국 차에서 잤다.

제발 부탁인데 들어가줄래? 응, 제발?

아들은 들어가지 않겠다고 했다. 죽어도 싫다고 했다.

모텔은 리플리 모터 인Leapley Motor Inn이었는데, 솔직히 나도 그 방에서는 자고 싶지 않았다.

다음 날 아침, 우리는 아파트 단지에 가서 처음 보이는 문을 두드렸다.

아들과 나는 여기 사람들은 다를까 하는 문제를 두고 의견 차이가 있었다. 아니, 우리 둘 다 다를 거라는 생각은 같았지만, 아들은 여기 사람들이 이전에 만난 사람들과 아예 딴판일 거라고 했다. 내 생각은 달랐다.

첫 번째 문을 열고 우리를 맞아준 사람은 노란 끼가 도는 얼굴에 콧수염을 기른 50대의 남자였다.

인구조사요, 허. 좋아요. 들어오십쇼.

이 남자는 L 경찰서 소속 형사였다. 30년 동안 그 부서에서 일했고, 그동안 좋든 나쁘든 인간이 인간에게 할 수 있는 거의 모든 짓을 다 봤다고 했다.

아내는 남자보다 훨씬 젊은 여자이고, 남자의 말에 따르면 바로 얼마 전에 딸을 낳았다고 한다. 아홉 살짜리 아들은 거기에 함께 있었다. 부자가 소파에 나란히 앉고 우리는 맞은편에 앉았다. 가끔은 아빠가, 또 가끔은 아들이 말했다.

처음에 남자아이는 우리가 무슨 일을 하려는지 이해하지 못해서 어리둥절해했다. 얼마든지 그럴 수 있다. 사실 우리에게는 추구한다고 할 목표라는 게 없었기 때문이다. 그러나 법을 집행하는 아버지는 센서스를 아주 잘 이해하고 있었고, 자기 아들에게 우리가 무슨 일을 하는지 설명해주었다. 그 말은, 우리가 그 집을 방문할 때 좀 다른(어떤 면에서는 전형적인 인구조사원의 행위와 동떨어진) 우리만의 목적이 있었다 해도, 적어도 이 경우만큼은 전형적으로 알려진 인구조사원의 태도를 취해야 했다는 뜻이다.

남자아이는 동계 작전용 군복인지 두꺼운 흰 천으로 감싼 군인 인형을 들고 있었다. 인형의 손에 들려 있는 소총에도 같은 천이 감겨 있었다.

헨리도 조사에 포함시키실 건가요? 소년이 물었다.

아이의 아버지는 터무니없는 질문이라고 말했다. 헨리는 인형이잖니. 인형은 인구조사에 들어가지 않아.

내가 말했다. 아닙니다. 사실 오히려 헨리를 군이 배제할 이유도 없습니다. 전반적으로 조사 방식에 워낙 오류가 많아서 헨리를 데이터에 포함시켜도 크게 해가 될 일은 없어요. 문화적으로 구성된 인간으로서 헨리는 소정의 합의점을 대표할 가능성이 높으며, 따라서 실제로 다른 데이터에 반하지 않습니다.

노련한 경찰인 아버지는 잠자는 사자의 코털을 뽑지 말자는 관점에 통달해 있었고, 잠시 상황에 최적화된 조치를 취했다.

그래, 좋다, 헨리. 아버지가 말했다. 넌 어떻게 생각하니?

소년은, 헨리는 먼저 자기를 손님들에게 소개해주면 좋아할 거라고 말했다.

형사는 우리에게 사정을 설명해주었다. 소년은 6개월 넘게 동계 저격수 장난감 인형을 갖고 싶어 했지만 가게에 갈 때마다 동계 저격수를 누가 다 사가고 없었단다. 장난감 가게는 선주문을 받지 않았기에 때를 맞춰 가는 수밖에 도리가 없었다. 소년의 다른 친구들은 그런 군인 인형을 많이 갖고 있었고, 동계 저격수 인형을 가진 아이도 여럿 있었다. 그 인형을 가진 아이들은 입을 모아 이제까지 가져본 것들 중 최고라고 주장했다. 기본적으로 다른 군인 인형들은 동계 저격수가 쏘아 죽일 수 있도록 집 안에 늘어놓는 용도라고 했다. 다른 이야기를 꺼내면 묵살되었다. 이런 사고방식으로 보면 소년이 가진 군인 장난감들은 놀이에서 하나도 쓸모가 없었고, 풀이 죽은 소년은 허공만 멍하니 바라보는 시간이 길어졌다.

그런데 우리가 방문하기 1주일 전에 형사가 범죄 현장으로 불려갔다. 어떤 여자가 어린 자식 둘을 데리고 동반 자살을 했다. 형사가 담당하고 있는 다른 사건의 용의자인 남편은 행방불명이었다. 현장의 기물을 조사하던 형사는 익숙하지만 진저리나는 광경을 보게 되었다. 죽은 아이들 중 한 명의 침대에 소총까지 다 갖춘 동계 저격수 병사 인형이 벌러덩 나자빠져 있었다.

그렇게 해서 헨리를 만났지요, 형사가 말했다. 헨리에게는 집이 필요했어요. 허구한 날 저격만 하면서 돌아다닐 수는 없잖아요. 때가 되면 집에 와야죠.

운전 중에 현기증이 발작적으로 덮쳐오기 시작했고, 아주 가끔은 차를 세우고 몇 시간씩 꼼짝도 못했다. 호흡곤란도 잦아졌다.

가정방문을 하면서 필요한 기록을 취득하다 보니 우리가 단순히 L을 지나 M과 N으로 여행하는 게 아니라 나 자신의 과거로 돌아가는 느낌이 들었다. 나라는 존재가 희미해질수록 우리가 만나온 사람들을 좀 더 또렷하게 인식하게 되었다. 그들이 들려주는 인생의 곡절을 듣다 보면 이미 오래전부터 알고 지낸 사람처럼 친숙한 느낌이 들기도 했다.

계속 악몽을 꾸었다. 악몽 속에서 나는 인구조사국 사무소에 있었고, 국장이 내게 서류 작업을 모조리 틀리게 했다고 야단을 쳤다. 내가 보낸 자료는 한 장도 빠짐없이 파기할 거라고 엄포를 놓으며 파기 현장을 똑똑히 보여주겠다고 했다. 그는 내 손을 잡아끌고 어떤 방으로 들어가서 문을 활짝 열어젖혔다. 방 건너편에 불구덩이 같은 게 있고 내가 취득한 모든 자료가 거기에 쌓여 있었다. 내가 만난 사람들의 살아 있는 작은 형상들이 서류 더미 위에 옹기종기 모여 있었는데, 다 같이 불길에 던져질 운명이었다. 이미 활활 불타고 있었다. 또 다른 꿈에서 나는 사람들의 머리카락을 자르고 있었다. 영문은 알 수 없지만 사무국에서 직원들의 머리를 깎아주고 있었는데, 직원들이 누군가의 이야기를 하는 게 들렸다. 뒷담화의 도

마에 오른 사람은 바로 나였다. 직원들은 나와 내 아들에 대해 끔찍한 소리를 하면서 무언가가 우리의 앞길에 도사리고 있다고 했다. 끔찍한 종말이, 우리가 상상도 못할 무서운 종말이 우리를 기다리고 있다고 말했다. 그들에게는 주체할 수 없이 웃기는 얘기였다. 그래서 나는 머리를 깎아야 하니 가만히 있으라고 몇 번씩 당부했지만 이미 웃느라 정신이 없는 직원들은 도무지 말을 듣지 않았다. 인구조사원과 아들, 바보 멍청이 부자를 두고 직원들은 끝도 없이 새로운 조롱거리를 만들어 냈다. 그러는 사이 이발을 하려고 기다리는 사람들의 줄은 계속 길어지기만 했다.

또 이런 악몽도 있었다. 국장이 나를 불러 앉히고 지금 무슨 짓을 하는지 설명해보라고 다그쳤다. 방방곡곡 한 집도 빠짐없이 방문해야 하오. 한 집도 빠짐없이 가가호호 방문하기 전까지는 절대 그 도시를 떠날 수 없는 거란 말이요. 그게 이해가 안 돼요?

왜 그러지 않았는지를 설명하려 하는데, 속삭임보다 더 큰 소리가 목청에서 나오지 않았다. 내가 속살거리자 국장이 큰 소리로 말하라고 했다. 하지만 목청껏 소리가 나오지 않았다. 그러자 국장이 손바닥으로 나를 찰싹 때렸다. 어린애나 개를 때리듯 짝, 하고 짧게.

일어나, 그는 나를 다그쳤다. 그러면서 내가 일어나려고 하면 다시 눌러 의자에 앉혔다.

나는 아침마다 자꾸 자동차에서 눈을 떴다. 자동차에 갇힌 기분이었지만 그래도 편안함을 느낄 수 있는 유일한 장소였다. 아니, 편안하지는 않더라도 최소한 불안하지는 않았다.

우리는 갈수록 차 밖으로 나가지 않게 되었고, 내가 차 안에서 잠이 깨면, 아니 우리가 차 안에서 잠이 깨면 뿌연 차창이 흡사 관 뚜껑이 덮인 듯 바로 코앞에 보였다. 죽어 관 속에 들어간 게 틀림없다고 믿어버리는 순간 내 곁에서 쌕쌕 아들의 숨소리가 들려왔다. 나는 그 애 소리를 들었고 가끔 그 애도 잠에서 깨어 내게로 팔을 뻗으면 둘이 서로 손을 꼭 잡았다. 그러면 나도 숨이 쉬어졌고 한 숨, 또 한 숨을 쉬다 보면 새 하루가 시작되었다.

Z까지 쉬지 않고 가야 할 것만 같았다. Z까지 죽 달리는 수밖에 다른 길이 없었다. 동시에 병세가 악화되면서 도저히 Z까지 못 갈 거라는 예감이 짙어졌다. 그러면 어떡하지? 할 수 있는 일이 없으면 되는 만큼, 아무리 하찮아도 되는 만큼 하는 거다.

우리가 처음 만났을 때 아내가 나한테 편지를 보냈다. 우리는 같은 곳에 살았다. 물론 아직 함께 살지는 않았지만, 같은 도시에 살면서 날마다, 아니 거의 날마다 만났지만 그래도 아내는 내게 편지를 보냈다.

나는 그저, 절대로 당신한테 말로 못할 얘기가 있다는 느낌이 들었어. 당신이 알아야 할 일.

그리고 편지 속에 있는 여자는 글로 쓰기 전까지는 그녀 자신조차 모른다고, 편지를 쓰면 자기 자신을 처음 만나는 기분이라고도 했다.

셰이프 학교 재학 시절에는 학생 셋에게 숙소를 제공하기로 한 젊은 부부와 함께 근처에 살았다. 그 집에 하숙하는 세 명은 아내, 아내와 동갑내기인 열일곱 살 그레첸과 더 어린 여학생이었다. 그 어린 여학생은 전혀 흥미를 끄는 요소가 없었다. 당신 숙모님 집에 있는 꽃병 기억해? 숙모님이 계셔? 그 집에 꽃병이 있었어? 그 꽃병들 본 적 있어? 이 여자애는 꼭 그런 꽃병 같았어. 눈에 전혀 띄지 않고 한 번 봐도 금방 잊히고, 다른 꽃병과 구분되지도 않았지.

하숙집 부부는 젊고 성공가도를 달렸다고 아내는 말했다. 집도 넓고 아름다운 대리석 조리대가 있었으며 방들을 따라가면 또 다른 방들이 나오고 주방도 두세 개 있고 베란다에 포치들도 있었다. 남편은 변호사이고 부인은 화학자였다. 부인은 실험실에서 보내는 시간이 길었고, 부인이 없는 사이 남편은 집 안 곳곳에서 그레첸과 섹스를 했다. 강력한 카리스마를 지닌 남편은 무슨 재주를 부리는지 여자애들을 홀려 금세 다 장난이라고, 하지만 소녀들과 그만 아는 비밀이니까 절대로 발설해서는 안 된다고 믿게 만들었다. 한편으로 부인은 세 여학생을 앉혀놓고 처세술과 여자로서의 몸가짐에 대해 충고를 했다. 그녀는 그레첸의 손목을 만지작거리며, 상황을 모든 관점에서 생각할 줄 알아야 해, 라고 말했다. 그레첸은 큰 소리로 웃곤 했다. 당나귀처럼 목쉰 웃음소리를 내면서 깔깔 웃어댔다. 그게 그렇게 우스웠던 거다. 그 여자가 관점을 논한다는 게.

그래도 아내는 그때 그저 소녀였고 셰이프 학교에 다니는 게 그렇게 좋았다. 퍼덕거리는 날갯짓들 사이에 존재하는 장소를 찾아냈다고 아내는 말했다. 날갯짓을 쉬어도 새는 여전히 공중을 활강하며 나아간다. 교사들은 아내를 끊임없이 칭찬하면서도 밀어붙였고, 심지어 욕설도 했다. 셰이프 학교의 마지막 해에 어떤 교사는 학생들을 길들인다고 짧은 승마 채찍을 쓴 적도 있다.

어느 날 아내는 바지만 입고 학교에 갔다. 셰이프 학교에서 나체는 흔히 볼 수 있었다. 하지만 교사가 어찌나 세게 체벌을 했는지 쇄골 바로 아래로 채찍 자국이 생겼다. 아내는 왜 맞았던 걸까? 무슨 일이 벌어지고 있는지 주의 깊게 보지 않았다는 이유로 체벌을 당했다. 셔츠 상의를 벗은 것과는 아무 상관 없었다.

셰이프 학교의 규칙 중에는, 교실에 들어올 때 즉시 상황을 파악해야 한다는 것이 있었다. 교실에서 마지막으로 일어나고 있는 일이 무엇인지를, 획득하고 이해하고 평가한다. 획득하고 이해하고 평가한다. 그러면 어떻게 행동해야 할지 알게 된다. 심지어 눈을 감고 그 장면을 재현할 수도 있다.

제스톨

그날 아내는 지각을 한데다 딴생각에 정신이 팔려서 황급히 교실로 들어서며 미처 탁자에서 개가 새끼를 낳고 있는 걸 보지 못했다. 정신없이 들이닥친 아내는 개를 놀라게 해버렸다. 그래서 교정 체벌을 받은 것이다.

하지만 나는 그 선생님이 변함없이 좋았어, 이 사건의 자초지종을 자세히 설명한 편지에서 아내는 말했다. 심지어 채찍을 맞을 때도 선생님이 좋았어. 수업할 때는 인정사정 봐주지 않으셨지. 달라진 모습으로 교실을 나서지 않을 수 없었어.

다른 편지에서 아내는 남자친구 윌리의 이야기를 썼다. 윌리는 셰이프 학교에 다니지 않았다. 근처 도시로 학교를 다녔다. 그러나 윌리는 아내가 셰이프 학교에서 난교를 벌인다고 의심을 했는데 사실, 다른 건 몰라도 그건 그 학교에서 일어난 적도 없고 일어날 수도 없는 일이었다. 그래도 셰이프 학교의 전반적인 방임과 신체 접촉, 불경한 태도 때문인지 윌리는 그런 일들이 정말로 일어나고 있다고 믿었고 아내의 거짓을 입증하려 애썼다. 그럼에도 윌리는 착하고 다정한 남자애였고, 아내는 그와 결혼할 의사도 있었다. 하지만 윌리에게는 한 가지 문제가 있었다. 둘이 얘기를 나누던 어느 날 윌리가 나한테 한 말이 있어. 걔가 한 그 말이 너무 끔찍해서 다시는 말도 섞지 않겠다고 결심했지. 나는 윌리를 사랑했고, 남은 평생을 함께하고 싶었지만, 그가 한 이 한마디 말을 도저히 용납할 수 없었어. 그와 다시는 말을 하지도 만나지도 않게 될 줄을, 듣자마자 알았어. 그 말이 무엇이었는지는 다음번 편지에서 알려줄게.

당연히 나는 윌리가 한 말이 몹시 궁금했다. 약간 걱정되기도 했다. 만난 지 얼마 되지 않았지만 나는 이 젊은 여인을 아주 좋아했다. 말 한마디 잘못해서 윌리와 똑같은 꼴을 당하고 싶지 않았다. 그러나 하루하루 시간이 흐르고, 날마다 그녀를 만났지만 다음번 편지는 오지 않았다. 나는 좀 걱정이 되기 시작했다. 어느 날 도시의 공원을 거니는데 아내가 나를 보고

229

말했다.

월리가 뭐라고 말했는지 궁금하죠?

나는 그렇다고 했다. 굉장히 궁금하다고.

사실은, 월리라는 사람은 알지도 못해요. 셰이프 학교에서 연애는 금지였어요. 솔직히 말하자면 연애를 안 하겠다는 각서에 서명도 했어요. 셰이프 학교 선생님들은, 사람은 개인이고 끝까지 개인으로 남아야 한다고 믿었어요. 누군가와 특별히 친해지거나 누군가를 다른 사람보다 더 많이 사랑하면 안 되는 거예요. 하지만 난 선생님 말씀대로 도저히 못하겠는데, 기쁘지 않으세요?

오래전 빵집 위의 아파트를 얻어 살았다. 벽체와 마루는 얇았고 밤이면 제빵사들이 출근해 일찍부터 볼일 보는 소리가 들렸다. 성가셨다고 말하기보다 여기에 이렇게 기록하려 한다. 나는 그 소음을 깊이 사랑해서 아래에서 빵 굽는 소리 때문에 가끔 잠을 설치고 일어날 때만큼 푹 잠을 잘 잔 적이 없다고. 일어나야 할 시간이 되면 창가로 갔다. 음, 솔직히 몹시 허름했던 아파트의 바닥에서 천장까지를 다 차지하고 있는 거대한 창을 활짝 열어젖히고 작은 테라스로 나가 그곳에 앉아서 저 밑의 큰길을 내려다보았다. 그 도시에서 오래된 지역이라 나를 아는 사람이 아주 많았다. 그 사람들은 그 거리를 사랑했고 나 역시 그러했다. 아무도 군이 도시로 나가 배회하기를 즐기지 않았다.

그 시각에는 수많은 사람들의 목적지가 빵집이었으므로, 어떤 면에서, 나는 테라스에 앉아 그 동네 사람들이 내게로 왔다가는 걸 바라보았던 셈이다. 그때 나는 너무 행복했고, 그렇게 행복했던 건 그해에 경이로운 일이 벌어졌기 때문이다. 내가 사랑할 수 있는 상대를 찾게 되리라는 확신을 갖게 되었던 것이다. 그 전에는, 이와 꼭 같은 강도로 정반대의 확신을 갖고 있었다. 경험과 합리적인 사고로 형성된 과거의 확신은 내게 말했다. 진정 값진 사람을 한 번도 찾지 못했으니까 앞으로도 결코 찾지 못하리라고. 그 이유는 다음과 같다고. 인간은 섬이고 소통은 불가능하다고. 오로지 허위, 무언극, 둔해지는 감각밖에 없다고.

그러나 어느 날 나는 꿈을 꾸었다. 외과 시험 전날이었는데 꿈 속에서 나는 머리부터 발끝까지 은빛 천을 휘감고 있었다. 나는 초원에 서 있었고 해와 달이 머리 위에 떠 있었고, 아까도 말했지만 머리부터 발끝까지 은빛 천을 휘감고 있었는데, 그 은빛 천 덕분인지 팔다리와 눈, 코, 입에 완벽한 행복이 느껴졌다. 나는 고함쳐 불렀지만 아무 이유도 없었다. 그저 외침 소리, 황금빛 부름에 누군가가 어둠 속에서 나와 내게로 왔다. 초원에는 사방에 나무들이 자라고 있었고, 그 나무들 사이에서 나는 수천 명의 사람들을 물끄러미 바라보며 혼자 팔짱을 끼고 있는 모습을 보았다. 속박된 군중 속에서 한 사람이 나왔다. 젊은 여자였다. 고개를 돌리고 있어서 얼굴은 보이지 않지만 여자는 점점 더, 점점 더 내게로 가까이 다가왔다. 그래서 나는 한 번 더 소리쳐 불렀고 여자는 더 가까이 다가왔다. 잠에서 깨어나니 내 방이었고 빵 굽는 소리와 제빵사들의 수다가 밑에서 들려왔다. 방을 가로질러 건너가는데 따뜻한 마룻널에 발이 닿자 따뜻하게 빛이 날 것만 같았다. 그 창문을 열어젖혔을 때 수천 개의 다른 창문, 수천 개의 다른 문이 열림을 느꼈다. 아무튼 나는 우연찮게 열쇠를 찾았다는 걸, 머지않아 내가 사랑할 수 있는 사람을 만나게 되리라는 걸 알았다.

복스룰

오래 기다릴 필요도 없었다. 한 달이던가, 어쩌면 두 달 후였나 보다. 그때 나는 모퉁이에 서서 손등에 그린 약도를 보고 있었는데, 어떤 여자가 불쑥 내게 다가왔다. 죄송해요, 그녀가 말했다. 이런 말을 하게 되어서 죄송한데요, 저기 저 남자요, 길을 건너고 있는 사람. 저 사람이 지갑을 훔쳐 가는 걸 제가 본 거 같네요.

나는 주머니에 손을 넣었다. 여자의 말이 옳았다. 지갑이 없어졌다. 나는 눈으로 방금 전 그 남자가 있던 곳을 좇았지만 이미 사라진 후였다. 그런데 금세 조금 멀리 떨어진 다음 모퉁이를 도는 그 남자가 보였다. 그 사람을 잡으려고 달리는데, 여자가 내 뒤를 따라서 뛰어오며 말했다. 잠깐만, 잠깐만요, 잠깐, 잠깐만 서봐요.

이미 짐작했겠지만, 지갑을 훔쳐 간 건 그녀였다. 나한테 지갑을 돌려주면서 어딜 그렇게 정신 놓고 가고 있냐고 물었다. 나는 비꼬면서 타인에 대한 친절을 주제로 회중에게 설교를 할 예정이라고 말했다. 불친절의 사례로 따라오실래요?

그녀는 웃지 않았다.

하지만 정말로요, 어디 가시는 거예요?

파티에요. 누가 파티를 연답니다. 난 거기에 아는 사람이 한 명도 없어요.

그녀는 미소를 지으며 내 팔짱을 꼈다.

그러면 같이 가요, 저하고 같이. 그리고 친남매끼리 서로 사귀는 척하는 거예요. 어때요? 사람들 눈앞이니까 애정을 억누르려 하지만, 사람들 눈에는 다 보이겠죠. 빤하게 다 보이는 뭔가가 있는 거예요. 어떻게 생각해요?

자, 그 당시에, 앞으로 내 아내가 될 여자는 이미 엄청난 성공을 거두고 있었다. 다만 내가 그녀를 몰랐을 뿐이고, 당연히 그녀는 그래서 더 좋아했다. 나로서도 몰랐던 게 꼭 필요했다.

아무튼 그녀는 도시 외곽의 아주 아름다운 집에 살았고 퍼포먼스를 기획하는 널찍한 헛간이 있었다. 그녀는 무슨 일이 있어도 그 집을 떠나려 하지 않았으므로 내가 살던 집에서 이사를 나가는 수밖에 없었다. 그러나 한 가지 문제가 있었다. 그녀는 나를 만나러 오다가 그 집에 정을 붙였고, 특히나 거리를 내려다보거나 작은 원룸 창문에 비치는 내 그림자를 바라보는 걸 좋아하게 되었던 것이다(방 안에는 바깥에서 보이지 않게 피할 곳이 거의 아무 데도 없었다).

이건 아내의 사고방식을 보여주는 한 가지 사례다. 그 문제에 대한 그녀의 해결책은 - 내가 그녀와 다른 곳에 가서 살아야 하기 때문에 더는 거기에 살 수 없다는 게 문제였으므로 - 통째로 그 아파트를 사버리는 것이었다. 그녀는 아파트를 샀고 우리는 그 당시의 나와 닮은꼴의 남자들에게만 세를 놓았다. 신장과 실루엣이 모두 나를 닮은 일련의 남자들에게만 그 집을 빌려주었다.

그래서 수년 동안, 그녀가 세상을 떠나던 때까지도 그 오래된 동네로 걸어가서 창문을 올려다보면 옛날의 나 자신이 이런 저런 일을 하는 모습을 볼 수 있었다. 내가 거기에 살았다면 했을 만한 일들을 하는 모습을.

그녀는, 내 아내는 아주 날씬했고 언제나 변함없이 아주 날씬했다. 그리고 약간 족제비 같은 얼굴이었다. 겉으로 봐서는 아무것도 믿고 맡기지 못할 사람 같았다. 그녀는 체구가 아담한 편으로 늘 헐렁한 옷을 입었다. 하지만 마음만 먹으면 덩치가 더 커 보이거나 더 작아 보일 수도 있었다. 그녀가 지닌 특별한 기술의 일환이었다.

그녀는 손가락이 길고 왼쪽 눈 밑에 눈물 모양의 점이 있었다. 홍채는 내리는 빗줄기처럼 단조의 회색이었고, 말할 때 상대를 지나쳐 어딘가 먼 데를 바라보곤 했다. 사람들은 항상 그녀가 뭘 보는지 궁금해 자기 등 뒤를 바라보았다.

아주 힘이 세지는 않았지만 직업상 엄청나게 몸을 단련해서 몹시 빨랐다. 충격적으로 민첩했다. 기억나는 일이 있다. 아내가 아들과 함께 기차를 탄 적이 있다. 아들은 다섯 살이었던가, 아주 어렸고 몸이 몹시 허약했다. 어떤 남자가 아들을 보고 놀리기 시작하자 아내는 단 한순간도 주저하지 않고 남자의 얼굴에 주먹을 날려 코를 부러뜨렸다. 경찰이 와서 취조를 했지만 객차에 함께 있던 승객들은 하나같이 자초지종을 진술하지 않겠다고 했다.

그러나 아내는 남자의 주소를 찾아냈고, 우리는 특별히 주문한 초콜릿 한 상자를 보냈다. 코 모양의 초콜릿 여섯 개가 든 상자였다. 이런 게 그녀의 유머 감각이었다. 초콜릿을 만드는 사람에게 사정을 설명했더니 돈도 받지 않고 그렇게 해주었다.

그녀를 만난 순간부터 혼자라는 느낌이 싹 사라져버렸다. 하지만 다른 사람들과 있을 때는 오히려 더 비밀스럽고 조심스러워졌는데, 말로 하고 싶은 생각이 있더라도, 다른 누구보다 그녀에게 말하는 게 훨씬 낫고 다른 누구보다도 그녀가 더 잘 들어주었던 탓이다.

가끔 그녀는 일할 때 장난을 좀 쳐보라고 나를 꼬드겼다. 수술할 때 환자의 배 속에 쬠쇠나 겸자를 넣어두면서 나중에 찾게 될 사람을 위해 쪽지를 남기라고, 뭐 그런 일들. 물론 나는 절대 그런 짓을 하지 않았다.

하지만 그녀가 처음에 내게 이끌린 이유는 무엇일까, 나는 자주 궁금했다. 내 감정들이 다 조금씩 뒤틀어져 있어서 좋았다고 아내는 말했다. 길에서 나를 보고 한참 지켜보았다고. 연기 수련을 받을 때 항상 하던 일이었단다. 사람들의 뒤를 쫓아가면서 생각을 읽고 똑같이 느끼고 그들이 하는 대로 똑같이 따라 하는 것이다. 나는 모사하기 굉장히 어려운 사람이었다고 그녀는 말했다. 허풍이 심해서가 아니라 좀 다른 이유로, 내가 모르는 다른 이유로.

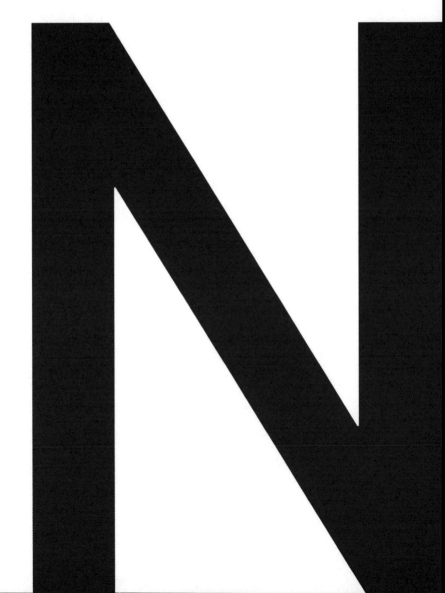

몇 시간씩 쉬지 않고 운전을 할 때가 있었다. 그럴 때는 아들이 내 팔을 잡아당기고 또 잡아당겨야 겨우 차를 세웠다. 또 어떤 때는 앞으로 나아가는 움직임을 할 능력을 완전히 잃어버린 채로 차 안에 앉아 유리만 멍하니 바라보았다. 그럴 때는 아들이 참을성 있게 기다리면서 – 아들의 인내심은 가히 전설적이었다 – 노래를 불렀고, 그러다 보면 구름이 지나가고 다시 길을 갈 수 있었다. 아예 숨이 막혀 이제는 정말 끝이라고 생각한 적도 여러 번 있었지만 한순간 또 한순간이 왔다 가고 나면 어느새 호흡을 하고 있었다.

M이었는지 N이었는지 잘 모르겠지만, 어떤 포치 앞에 차를 세웠던 기억이 있다. 마당도 없고, 여기저기 아무 데나 서 있는 자동차들뿐이었다. 우리는 포치 바로 옆에 차를 세우고 들어갔다.

정비공으로 보이는 남자 한두 명이 집 앞 계단에서 빈둥거리고 있었다. 우리는 잠깐 그들과 대화하고 표식을 해준 다음에 집 안으로 들어갔다. 남성 전용 하숙집으로 복도에 공용 화장실이 있고 1인용 방이 많았다. 하숙을 치는 남자는 라블레 Rabelais(16세기 프랑스 르네상스 문학의 대표적인 작가 – 옮긴이)의 소설에서 그대로 튀어나온 것 같은 뚱보였고, 장식품 같은 빗자루를 들고 다니면서 모든 사람을 욕하고 다녔다.

남자는 자기가 개인적으로 쓰는 아파트에 우리를 앉혔는데, 다른 집들과 하나도 다를 바가 없었다. 그 말은 우리, 우리 아들과 내가 하나밖에 없는 간이 침상에 앉아 있었고 남자는 우리 맞은편에 놓인 하나밖에 없는 의자에 앉아 있었다는 뜻이다. 나는 그 사람이 하는 말을 한마디도 빠짐없이 최선을 다해 받아 적고 있었다.

남자는 말했다. 나야 당연히 군인이지요, 그것도 뛰어난 군인입니다. 일병으로 입대해서 대위로 제대했습니다. 그리 자주 있는 일은 아니지요. 전시에나 있을 법한 일이라고들 말이 많아요. 이 녀석들은 허구한 날 내게 얼마나 많이 죽였냐고 묻지요. 얼마나 많이 죽였어요? 얼마나 많이 죽인 거예요? 젊은 하숙인들의 말소리를 흉내 내며 그가 말했다. 그러면 나는 언제나 이렇게 대답합니다. 100명, 200명, 맘대로 골라봐. 기관총사수는 절대로 숫자를 세지 않습니다. 왜냐고요?

그는 웃음을 터뜨렸다. 호탕한 너털웃음이었다.

너무 바빠서요. 바빠 죽겠거든요. 처음에는 기관총 사수였는데 나중에는 트럭과 탱크를 전부 지휘하게 됐어요. 여기 하숙집을 운영하는 것과 똑같이 부대를 지휘했지요. 똑같은 방식으로.

그는 우리에게 팔뚝의 사자 문신을 보여주었다. 사자 꼬리가 팔뚝을 휘감고 목덜미까지 올라가서 소방 호스로 바뀌었고, 소방관들의 실루엣이 목에서 타오르는 불길을 끄고 있었다. 우리가 들어간 그 집도 목에 새겨져 있었고, 사실은 사자 꼬리인 소방 호스가 그 집의 화재를 진압하고 있었다. 문신을 보여줄 때 남자가 정말 보여주고 싶은 건 그 부분이었던 거다. 아들은 전혀 좋아하지 않았다. 그 애는 문신을 좋아하지 않는다. 그러나 나는 환상적이라고 생각했다.

어쩌다 여기 살게 되셨어요? 내가 물었다.

나는 항상 여기 살았습니다. 어린 시절의 고향이지요. 부모님은 나처럼 하숙집을 했어요. 그때 우리는 지하에 살았지만 말입니다.

남자는 자기 아버지와 어머니의 사진을 보여주었는데 두 사람은 서로의 닮은꼴이었다. 그리고 두 사람 다 남자와 똑같은 모습이었다.

방 하나에 얼마나 받으십니까? 내가 물었다.

월급의 6분의 1을 받습니다. 아이들이 돈이 없어서 월세를 못내는 일이 없게. 끼니도 포함이에요. 그러니까 아주 괜찮은 거죠. 아주 괜찮습니다.

어떻게 그 녀석들을 찾았는지 알아요? 하숙집 식구들을 어떻게 찾았는지 알아요?

나는 모른다고 했다.

남자는 다들 알아서 찾아온다고 했다. 하숙할 사람을 나서서 찾아본 적이 없다고 했다. 언제나, 어김없이, 저쪽에서 먼저 찾아온다. 방은 꽉 차 있었다.

하숙인 명단을 보고 싶으세요? 남자는 탁자 위에 놓인 상자에서 명단을 꺼냈다. 그냥 눈으로 봐서는 숫자를 헤아리기 어렵겠지만 거기 올라 있는 이름이 100개도 넘어요. 대기자 명단이지요. 남성 전용 스트렝 하숙집. 수지맞는 장사는 아니에요. 큰돈이 되는 것도 아니고. 하지만 일종의 공동체 같은 느낌이 들어서 주위에 애들이 있는 게 좋아요.

시간이 없어서 못 보여드리겠는데, 저 아래 카페테리아로 가면 벽에 60장도 넘는 사진이 붙어 있어요. 1년에 한 장씩, 부모님이 계시던 시절까지 거슬러 올라갑니다. 하숙집 사람들이 쭉 줄을 서 있고 가운데에 하숙집 주인이 서 있죠, 그게 내 권리입니다.

그는 우리가 떠나기 전에 물건을 한두 가지 더 보여주었다. 외국에서 가지고 들어온 조각된 뿔, 훈장을 쭉 걸어놓은 나무판.

굳이 바깥까지 나가지는 않겠습니다. 남자가 말했다. 이 일을 계속해야 하거든요.

문을 닫으면서 문틈으로 돌아보니 남자는 우리가 앉아 있던 간이 침상에 앉아서 실과 바늘을 들고 뭔가 수선을 하고 있었다. 아마 셔츠였던 것 같다. 우리와 눈길이 마주치고, 문이 닫혔다.

우리가 바로 옆길로 들어서자 5층짜리 아파트 건물 두 채 사이에 작은 통나무집이 있었다. 나는 문을 두드렸다. 밝은 파란색 실내 가운을 입은 여자가 우리를 집 안으로 들여보내주었다. 이젠 귀가 안 들려서 물어보고 싶은 게 있으면 글로 써줘야 해요, 여자가 말했다. 나는 종이 한 장에 이렇게 썼다. 저는 인구조사를 하는 센서스 조사원이에요. 아, 센서스, 여자가 말했다. 나 그거 좋아해요.

나는 무슨 다른 말을 할까 기다렸지만 여자는 다른 방으로 들어가서 종이를 더 많이 가져왔고 커피포트와 싸구려 쿠키를 쟁반에 받쳐 들고 돌아왔다. 몇 년은 족히 묵은 쿠키가 틀림없었다. 여기요, 여자가 말했다. 난 준비 다 됐어요.

여자는 평생 그곳에 살았다고 말했다. 옛날에는 옆집에 살았다. 두 집 모두 부모님 소유였다. 하지만 그 집은 60년 전에 철거되었다. 그 후로 여자는 우리가 함께 앉아 있는 이 집에서 살아왔다. 교사였어요, 지리 교사. 우리나라 지리는 잘 아시나요? 나는 좀 자신이 없다고 말했다. 여자는 안타깝다면서 지리에 시간을 투자하는 건 현명한 일이니까 누구나 지리를 공부해야 한다고 말했다. 여자 말을 그대로 빌려 말하자면, 아주 훌륭하게 보답해줄 정보라면서 말이다. 다른 공부는 워낙 빨리 바뀌니까 아무 쓸모가 없어지는 경우가 많잖아요. 그런 공부를 할 수도 있죠, 그럼요. 하지만 다음 주만 되면 아무도 신경 안 써요. 그 정보는 하찮다 못해 미미한 수준으로 떨어져버리거든요. 시간의 규모에서 지리와는 비교가 안 되죠. 한 가지를 배우면 웬만해선 평생을 가거든.

남편은 전기 기사 비슷한 일을 했다. 텔레비전, 오븐, 라디오, 뭐 그런 것들을 고쳤다. 집 뒷마당 전체가 그이 작업장이었고, 아직도 그이 물건이 가득 차 있어요. 그리로 모시고 가지는 않겠어요, 그럴 수는 있지만. 다 치워버릴 수도 있고, 집 안이 넓어서 다 들고 들어와도 되지만, 어차피 거기 둘 다른 물건들도 없고, 그이 연장들이 도로 가장자리 연석에 산더미처럼 쌓여 있는 걸 보면 마음이 찢어질 것 같을 테니까요.

그 나이에 왜 돌아다니는 거냐고 여자가 물었다. 안색도 좋아 보이지 않는데요. 다 큰 남자에게 이런 말 하기는 싫지만 안색이 영 안 좋아 보여요. 오래전에 이런 얘기 해주는 사람이 있었어야 하는데.

나는 사람들한테서 그런 말 많이 들었다고, 잘 알고 있다고 말했다. 인구조사원이 되기 전에 의사였습니다.

이 말에 여자는 놀랐고, 몹시 기분 나빠 했다. 의사 같은 사람들은 전혀 다른 몸가짐으로 대해야 하는데, 사실은 의사면서 인구조사원인 척하고 집 안에 함부로 들어오다니 어쩌고저쩌고.

불행히도 이 깨달음으로부터 회복할 길은 없었고 우리는 곧 작별을 고했다. 나는 기분을 되돌릴 말을 써서 보여줄 수가 없었다. 말로는 할 수 있을지 모르지만 청각 장애 때문에 종이에 글로 써서 보여줘야 하는데, 도저히 불가능했다. 내 능력 밖의 일이었다. 문간에서 여자는 그렇게 적의를 갖고 대한 게 후회되는지 아들의 손에 천 냅킨을 꼭 쥐어주었다. 모노그램이 새겨진 헝겊 냅킨이었다. 여행을 하려면 이게 필요할 거야, 그녀는 그렇게 말하면서 그 애를 꼭 안아주었다.

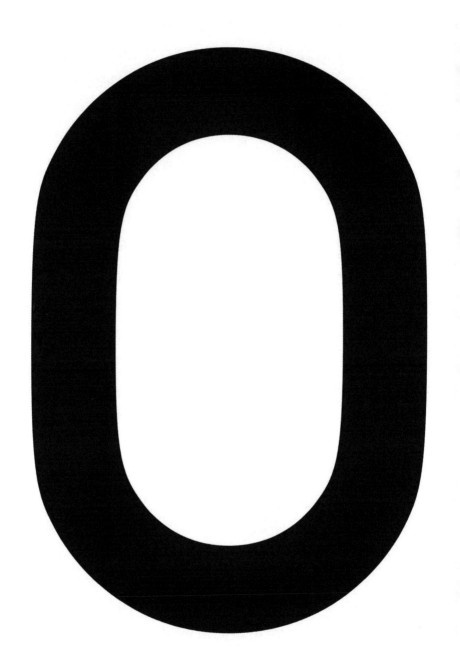

아 내가 아들을 임신했을 때, 우리는 가능한 미래에 대해 수많은 이야기를 나누었다. 무슨 일을 하고 싶은지, 앞으로 어떻게 살게 될지. 아내는 여행을 하며 연기하는 생활로 돌아갈 수도 있다고 했다. 셋이 다 함께 여행을 떠나도 좋겠다고. 딸이든 아들이든 자기 자식이라면 연기자가 될지 모른다는 상상을 했다. 연기자들은 가족 단위로 다니지 않아? 그녀는 입버릇처럼 말했다. 이런 꿈꾸기는 우리 아들이 세상에 나오던 날 완벽하게 정지했다. 우리가 불행했다는 인상을 주고 싶지는 않다. 우리는 불행하지 않았으니까. 하나도 불행하지 않았다. 그저 전에는 짐작도 못했던 방식으로 우리와 우리 삶을 구속하는 철벽이 나타났을 뿐. 아내는 이렇게 말했다. 이전의 내 삶은 모두 이 일을 위한 연습이었나 봐. 그렇다면 다행이지. 같이 있으면서 어떻게 행동해야 하고 어떻게 도와줘야 하는지 아는 사람이 우리 아들 곁에 있어야 하니까. 살면서 특별한 상황에 맞게 대처할 줄 모르는 가족을 많이 봤잖아.

아들이 자라면서 가끔 놀러 오는 동네 아이들도 있었지만 그 애들은 너무 금세 변하고 너무 빨리 자라서 1~2년 후면 훌쩍 커버리고 아들은 다시 혼자가 되었다. 그런 식으로 우리는 그 애의 동반자이자 놀이 친구가 되었다. 아내는 영영 무대로 복귀하지 않았다. 그럴 시간이 없었다. 그리고 진실을 털어놓자면, 아들을 갖게 되면서 인간들을 예전보다 덜 좋아하게 된 것 같았다. 최소한 나는 인간들이 전반적으로 예전만큼 좋지 않았다.

전처럼 사람을 좋아하지 않게 된 아내는 그들을 위해 공연하고 싶은 마음도 없어졌다. 어떻게 그럴 수가 있지, 우리는 거듭거듭 자문했다. 어떻게 그 아이한테 다들 그토록 잔인하게 굴 수 있지? 어떻게 이런 거대한 음모가 가능한 거지? 다 같이 미리 짜고 아무도 해치지 않는 이 무해한 사람들에게 상처를 줘도 된다고 합의한 걸까?

그런 상황에서는 이런 불가피한 만남들에서 파생된 슬픔이 만사에 스민다. 그때 사람들의 무지는 날카로웠다. 아직도 날카롭다. 천박하고 끔찍한 말을 하거나 웃어대거나 노골적으로 등을 돌리지 않고서는 기본적인 상호작용도 못하는 사람이 얼마나 많은지 모른다.

하지만 물론 다른 면이 있는 것도 사실이다. 덕분에 소중한 사람들을 찾기가 쉬워졌으니까. 그런 사람들은 예나 지금이나 아이를 보고도 전혀 동요하지 않고 금세 수월하게 친해진다. 하지만 미리 어떤 사람인지 알아보기는 힘들다. 겉모습만으로는 알아볼 수 없는 사람들도 있다. 천성이 온화하고 민감한 사람들은 속내를 감추거나 위장해야 하는 경우가 잦으니까.

아무튼 우리는 이런 식으로 친구를 만들게 되었다. 잔혹하다고 생각되는 사람들은 밀쳐내고 우리끼리 뭉쳐 친절하고 속이 깊다고 생각되는 사람들에게 꼭 매달렸다.

나는 의사라서 더 힘들었다. 내 환자한테서 생각 없고 끔찍한 소리를 듣고 난 다음에 그 사람의 목숨을 좌우하는 처치를 해야 했으니까. 사소하게나마 환자를 벌주고 싶은 욕구에 시달린 적이 한두 번이 아니다. 쑤시는 무릎 통증, 가벼운 절름발이, 눈에 확 띄는 흉터. 하지만 결코, 한 번도 그러지 않았다.

우리는 문이 열려 있는 집에 도착했다. 여기 누구 계세요? 한 남자가 셔츠 섶을 푼 채로 부엌의 등받이 없는 의자에 앉아 있었다. 나와 동년배였다. 남자는 우리를 대화로 끌어들였고, 우리가 방문한 목적을 알고 나서는 별별 이야기를 다 털어놓기 시작했다. 남자는 보일러 기술자 노동조합의 대표로 현재 연봉과 복지 혜택을 두고 극비리에 협상을 벌이고 있다고 말했다. 협상은 근처에서 진행되고 있는데 잠깐 숨을 돌리러 도망쳐 나왔다는 것이다. 정장 차림이 아니라서 이상하다고 생각할지 모르지만 뭐, 그것도 상황의 일환이라고 했다. 지금 돌아가는 정황을 아무도 알아서는 안 되기 때문이다.

아내가 방으로 들어왔다. 여기서 뭐 하고 있어요? 남자는 우리가 거기서 뭘 하고 있었는지 아내에게 설명해주었다. 아내는 다시 우리를 보고 물었다. 당신네들 여기서 뭐 하는 거죠? 나는 그 남자가 아내한테 설명한 대로 다시 설명했다. 우리는 센서스 일로 왔고 단순히 질문을 하고 답을 녹취하고 등등의 일을 하는 거라고. 여자는 고개를 끄덕였다. 내 대답이 남편의 말과 일치하는 게 놀랍다는 얼굴이었다.

이쪽으로 와요, 여자가 말했다.

그리고 남자가 따라오려고 일어나자, 매섭게 말했다.

당신은 말고. 당신은 꼼짝 말고 있어요. 바로 여기 가만히 있
어요.

우리는 옆방으로 갔다. 거실에는 더러운 소파 맞은편에 커다란 텔레비전이 놓여 있었다. 벽을 둘러 책장이 있고 책꽂이에는 고전 전집을 소장한 것처럼 보이도록 책등을 테이프로 붙여놓은 책들이 꽂혀 있었다.

그이가 방금 뭐라고 했는지는 모르겠지만 그 사람은 아주 아파. 남편은 병이 깊다고. 오늘은 약을 안 먹겠다고 우겼으니 그냥 가는 편이 서로에게 좋을 거예요. 아니, 애초에 여기 찾아온 것부터가 황당하네. 쓰레기 같은 인간들. 당신들 때문에 남편이 흥분해서 원래 상태로 되돌리려면 적어도 한 시간은 걸릴 거라고.

나는 벌떡 일어났다. 아들이 내 손을 잡았다.

실례하겠습니다.

여자의 얼굴은 분노로 얼룩져 있었다. 몸이 격하게 떨렸다.

여자가 문까지 따라 나왔다. 남자는 여자 뒤에 서 있었다. 일어나서 뭐라고 고함을 질러대고 있었다. 남자의 목소리는 닳아 해진 천처럼 군데군데 비칠 듯 얇았다. 여자는 우리 등을 떼밀고 문을 쾅 닫았다. 우리가 계단을 내려가는데 문이 다시 열리더니 여자가 고개를 쑥 내밀었다.

또 오기만 해봐라!

젊
스
빠

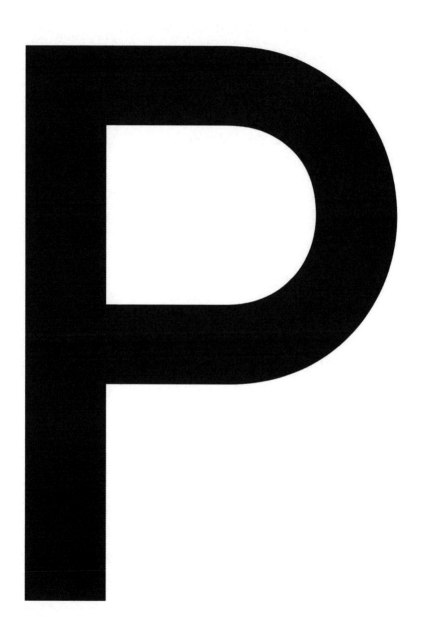

P에는 눈이 많이 쌓여 하얀 겉옷을 걸친 공장들이 썩 아
름다워 보였다. 내가 작은 공원 옆에 차를 세우자 아들이
눈밭에 나가 모험을 즐겼다. 그사이 나는 히터를 켜고 무터를
읽었다. 그녀의 책은 낭독하는 게 좋아서 차 안에 앉아 『활짝
편 날개Wings Outstretched』의 한 대목을 큰 소리로 읽었다. 가마
우지의 행동을 관찰한 부분이다.

내 육안으로는…… 가마우지rag-faced cormorant에게서 처음 관
찰한 희한한 행동 패턴이 하나 있다. 마른 땅에서 날개를 활짝
펴고 서서 돌아다니는 버릇이다. 내게는 소중한 광경이지만 이
새가 그런 식으로 뽐내고 돌아다니는 이유는 뭐라 말하기 어렵
다. 일종의 경례라거나 암컷의 주의를 끌기 위한 짝짓기용 과시
행위라는 얘기도 있다. 그러나 수컷뿐 아니라 암컷도 같은 몸짓
을 하고, 심지어 혼자 있을 때도 그런다. 가마우지는 대체로 1년
에 한 번 새끼를 낳는데, 새끼가 있는 가마우지마저도 그런 몸
짓을 한다. 고개를 들고 까마득히 높은 곳에 우뚝 서서 날개를
활짝 펴고 있는 당당한 부모를 바라보는 어린 가마우지보다 더
보기 좋은 광경은 내게 없다.

가마우지가 대량으로 맹금의 먹이가 되는 새라면 이 행위가 색
색의 볏과 비슷한 역할이라고 생각해볼 수 있겠지만, 사실 가마
우지는 뭍에서도 웬만하면 안전하고 하늘에서도 안전하며 물
속에서도 안전하다. 알과 새끼는 갈매기를 비롯한 다른 새들의

먹이가 되지만 무사히 성체로 자라나는 가마우지는 그리 큰 두려움 없이 행동할 수 있다.

나는 가마우지가 빨래를 털듯이 날개를 말리기 위해 그런 몸짓을 한다고 믿는다. 우리가 다 그렇듯 바싹 마른 옷을 좋아하기 때문에 우뚝 서서 바람에 몸을 맡기는 것이다. 의견이 다른 사람들도 있지만 굳이 설득할 생각은 없다.

문이 열리고 온몸에 눈을 잔뜩 묻힌 아들이 차 안으로 다시 들어왔다. 나는 말을 감싸는 커다란 담요로 아들을 감쌌고, 우리는 겨울 풍경을 헤치고 몇 블록 떨어진 곳에서 빛나고 있는 거대한 레스토랑의 네온사인을 향해 계속 달려갔다.

그 소도시의 이름은 스페인의 도시 이름을 따서 지었다고 웨이트리스가 말해주었다. 스페인인지 포르투갈인지, 아무튼 둘 중 하나였어요. 레스토랑에 눈을 묻히고 들어와 물을 뚝뚝 흘려서 미안하다고 말했더니 웨이트리스는 이렇게 대답했다. 바닥은 내가 닦을 필요가 없어요. 저 사람이 청소하니까 난 상관없어요.

그녀는 레스토랑 뒤편에 서 있는 남자를 가리켰다. 한 손으로 대충 대걸레를 잡고 서서 다른 손에 든 잡지를 계속 읽고 있었다.

뭘 드시고 싶으세요?

웨이트리스는 우리에게 거나한 식사를 차려준다. 우리가 메뉴에 있는 음식을 거의 다 시킨 모양이다. 향료를 넣은 와인 비슷한 것도 나왔기에 행복하게 먹는다.

웨이트리스는 다시 돌아와서 무슨 용건으로 왔느냐고 물었다. 아무도 자발적으로 P에 오지 않아요, 라면서. 일 때문이 틀림없어요. 일 때문이에요, 나는 말했다. 인구조사원이거든요. 그럴 줄 알았어요, 딱 보니까 알겠더라고요, 그녀가 손뼉을 치며 말했다.

어떻게 아셨어요?

음, 저걸 봤거든요.

내 가방 귀퉁이로 타투 기구가 삐져나와 있었다.

타투 전문가들은 장비를 굳이 갖고 다닐 필요가 없잖아요. 적어도 흔한 일은 아니에요. 게다가 쉰 살이 넘은 타투 전문가가 어디 있어요? 정황을 조합해보니 답이 나오더라고요. 누가 또 사람들한테 문신을 하고 다닐까, 하고요.

그녀는 허리를 굽히며 원피스 단추를 풀었다.

이번 센서스의 표식은 아직 없어요. 하지만 준비는 다 됐어요. 저는 진짜, 진짜로 문신하는 게 좋거든요. 그녀는 다른 문신 몇 개를 보여주었다. 이런 문신을 한 사람 보신 적 있어요?

나는 말했다. 일단 식사부터 다 하고요. 그다음에 절차대로 할게요.

그녀는 말로는 괜찮다고 했지만 자꾸만 다시 돌아왔다. 레스토랑에 사람이 없었다는 얘기는 해야 설명이 되겠다. 요리사들은 라디오를 틀어놓고 식당 뒤편에서 카드놀이를 하고 있었다.

이제 5시네요. 5시. 노동자들은 7시나 돼야 오기 시작하죠. 그때 화학 공장이 끝나거든요. 완전 퍼레이드가 벌어질 거예요.

웨이트리스는 자기가 젊었을 때 배우 일을 했다고 말했다. 젊었을 때는 배우였어요, 라고. 하지만 거기 서 있는 그녀의 모습을 보면 아무리 많아도 스물다섯으로 보였다. 역할도 몇 개 맡았어요, 꽤 큰 역할. 그러다 말썽을 자초했죠. 도박을 좋아하거든요. 도박 좋아하세요?

나는 도박을 좋아하지만 거의 하지 않는다고 말했다.

맞아요. 독이 퍼졌다 싶으면 팔을 잘라내야 하죠.

난 결국 사달을 냈어요. 빚을 너무 많이 졌거든요. 떠나야 했죠. 그래서 몇 년 전에 여기 왔는데 어떻게 됐게요? 이렇게 눌러앉았네요.

나는 그녀가 원한다면 얼마든지 다른 곳으로 가도 된다고 말했다.

궁금하시죠, 내가 무슨 도박을 했는지? 경마였어요. 부모님한테 물려받은 집이 있었거든요. 두 분 다 돌아가셨죠. 경마 정보를 믿고 그 집을 저당 잡힌 돈 전액을 걸었어요.

홀륭한 정보였던 모양이군요.

저는 수학적인 머리가 있거든요. 어렸을 때부터 수학적으로
생각했어요. 그래서 계산을 해봤죠. 이 한 번의 내기만 이기
면, 1등 후보여야 하는데 그게 아닌 말, 이 말 한 마리에 걸면
내가 평생 살면서 다시는 손가락 하나 까딱하지 않아도, 아무
일도 안 하고 살아도 되겠더라고요. 이제는 별별 하기 싫은 일
들을 다 하고 살아야 하지만요. 하지만 후회하느냐고요? 아
니, 후회하지 않아요. 옛날에 이모가 주신 책을 한 권 읽었거
든요. 그 책에서 그랬어요, 후회하지 말라고. 후회는 절대로
하지 말라고. 그래서 절대 후회하지 않았어요. 책에 쓰여 있는
대로 믿기로 했거든요, 그녀가 설명했다. 소녀 시절에는 그 말
이 후회할 일은 만들지 말라는 뜻이라고 생각했어요. 밖으로
나가서 하고 싶은 일은 다 하라고, 훗날 후회가 없도록. 하지
만 그녀는 오히려 반대로 받아들였다. 전체적으로 더 좋은 원
칙이었다. 후회하고 싶은 마음이 들면 그냥 다른 생각을 하죠.
생각할 거리가 워낙 많잖아요, 안 그래요?

저는 술은 안 마셔요, 그녀는 말했다. 술도 안 마시고 담배도
안 피워요. 몸도 날씬하게 가꾸고 지금 살고 있는 아파트 바로
옆 도서관에 있는 모든 책을 읽었어요. 심지어 두 번 읽은 책
도 있어요. 밤에 잠도 다섯 시간밖에 자지 않아요. 그 이상은
필요도 없고요. 나머지 시간 동안에는 계획을 짜죠. 하지만 아

직 아무것도 실행하지 않았어요. 인생의 막다른 골목에 다다라서 이 끔찍한 레스토랑으로 오게 된 사람들과는 달라요. 무슨 일인가가 벌어지기만을 바랄 뿐이에요. 그때의 경마가 동전의 한 면이라면 뒷면도 있다는 걸 난 알아요. 그 뒷면이 날 찾아올 거라는 사실도 알고요.

그녀는 공짜 서비스라면서 디저트로 플랑을 가져왔다. 전 플랑을 입에도 대지 않지만 사람들이 먹는 모습을 보는 건 좋아요. 플랑은 크나큰 행복감을 가져다주잖아요. 어째서 그럴까요? 혹시 플랑을 어떻게 만드는지 아세요? 뭘로 만드는지 아세요?

간이식당의 좌석은 쿠션이 두툼해서 일어나려던 나는 자칫 쓰러질 뻔했다.

괜찮아요, 나는 말했다. 나는 괜찮아요.

다 죽어가는데 무슨 소리예요, 웨이트리스는 웃으며 말했다. 자동차까지 부축해드릴게요.

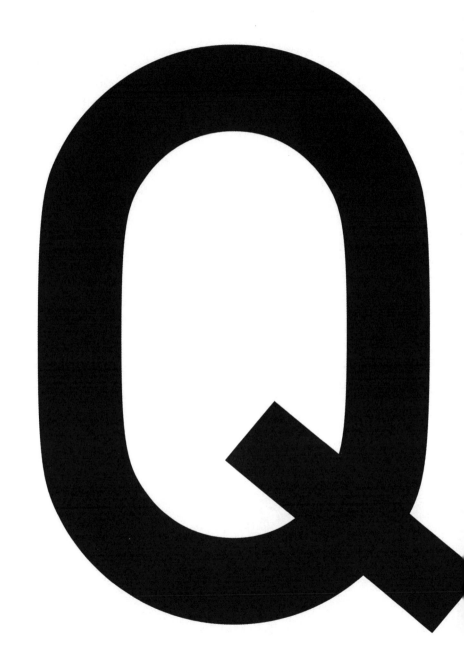

P의 거목들을 헤치고 나오자 겨울철의 얼어붙은 소택지가 펼쳐졌다. 도로는 소택지와 나란히 달렸고 머지않아 모든 게 사라졌다. 건물도 불빛도 없고 좌우로 희끄무레하게 빛을 반사하는 벌판뿐이었다. 그나마 경작지라서 다행이었다.

한 시간 남짓 직진해 소택지를 벗어나자 주유소와 모텔이 있는 교차로가 나왔고 정체된 안개 속에 우뚝 솟은 공장들이 더 나타났다. 잠깐 쉴까 하고 아들에게 물어보았다. 그러려면 자는 아들을 깨워야 했다.

잠깐 차 세울까?

아들은 똑바로 일어나 앉아서 창밖의 모텔을 바라보았다. 그러더니 고개를 젓고 다시 기대 누워 담요를 덮었다.

좋아, 알았어. 나는 주유소에서 연료통을 꽉꽉 채우고 직원과 이야기를 나눴다. 천성적으로 화가 많은 사람이었다. 그리고 우리는 다시 길을 떠났다.

아들이 다닌 학교들 중 한 군데에 피어슨이라는 선생님이 있었다. 굉장히 멋진 분이었다. 오랜 세월 아이들을 다룬 내공이 대단해서 곁에만 있어도 마음이 든든했다. 다른 사람과는 말도 하지 않는 아이들도 피어슨 선생님에게는 말을 했다. 이유는 정확히 모르지만 선생님의 경력은 가히 기적적이었다. 문제는 우리 아들이 학교에 남기 싫어했다는 거다. 학교에 남아 있는 생각만 해도 싫다고 했다. 어떤 선생님이 피어슨 선생님한테 배워보면 어떻겠느냐는 아이디어를 냈다. 고학년 담당이기는 해도 실험적인 반도 만들어 운영했던 것 같다. 피어슨 선생님은 키가 아주 컸고 매부리코에 얼굴이 엄격한 남자였다. 당연히 항상 조끼를 착용했다.

우리는 교실에 들어가서 피어슨 선생님을 소개받고 우리 아들을 선생님에게 인사시켰다. 두 사람은 서로 마주 보며 서 있었는데, 피어슨 선생님이 말했다. 그거 아니? 선생님은 무슨 일을 하기 전에 그림을 그리거나 말을 하고 싶을 때가 있더구나. 기분이 좋아지고 앞으로 일어날 일을 좀 더 쉽게 그려볼 수 있어서 내가 무엇을 좋아하고 무엇을 싫어할지 미리 알 수 있거든. 너도 한번 해볼래? 두 사람은 거기에 놓인 작은 탁자로 갔고 피어슨 선생님은 커다란 공작용 판지에 글을 썼다. 우리는 친구가 될 거고 오늘 우리는 함께 학교를 둘러보면서 여기에 뭐가 있는지 살펴볼 거야. 선생님은 무슨 일을 하기 전에 항상 네가 준비가 되었는지 물어볼 거고, 네가 아직 준비가 되지 않은 일은 하지 않을 거야. 네가 새로운 일을 할 준비가 되지 않았으면 그냥 하던 일을 계속할 거고, 전에 했던 일을 다시 할 수도 있어. 수업이 끝나면 너는 집으로 갈 거고 부모님한테 해드릴 이야깃거리가 아주 많겠지.

그러더니 피어슨 선생님은 자기가 글로 쓴 내용을 설명해주며 몇 번씩 복습을 시켰다. 아들은 처음부터 다 알아듣는다는 듯 고개를 끄덕였다. 연필을 잡고 종이 위에 선을 아주 많이 그렸다. 앞에서 말했듯이 그 애는 선 그리기를 좋아했다. 그리고 아들은 피어슨 선생님에게 자기가 쓴 글을 설명해주었다. 뭐라고 했는지 나는 알아들을 수 없었지만, 그걸로 끝이었다. 두 사람은 교실에서 나가 복도로 사라졌고, 아내와 나는 알아서 길을 찾아 나와야 했다.

나는 결정적인 추억들을 되밟는데, 어떤 추억들은 어찌나 자주 되밟고 곱씹었는지 머릿속에 떠올릴 때면 한순간 한순간, 내가 그 공간에, 내가 향유하는 추억의 공간에 있는 듯한 느낌이 든다. 그러면 나는 내 자아의 수많은 분신으로 분열하고 우리는 다 함께 내가 수년 전에, 그것도 스쳐가면서 본 하찮은 것들, 아주 미미한 일에 대한 아련한 그리움에 젖어 앓는다. 자꾸, 자꾸, 자꾸만 다시 떠오르는 생각, 가끔은 점점 더 커지고 가끔은 점점 더 작아지는 생각.

그런 생각 하나.

수술이 끝나고 밤늦게 집에 오는 경우가 많았다. 창문 너머로 아내와 아들이 부엌 식탁에 앉아 있는 모습이 비쳐 보였다. L자형으로 지어져 멀리 한쪽 끝에 헛간이 있고 높은 담장이 쳐진 마당에 차를 세워둘 수 있는 집이었다. 하지만 나는 보통 걸어서 퇴근했기 때문에, 부엌 창문이 나 있는 안뜰 쪽으로 와서 두 사람을 보곤 했다.

거기가 우리가 좋아했던 장소다. 부엌 말이다. 하긴 집 안에서 다른 데보다 부엌을 더 좋아하는 사람이 많겠지만, 안 그런가?

그러면 사람들은 주방 식탁에 앉아서 뭘 할까? 아들은 그림을 자주 그렸다. 아내는 책을 집필하는 작업을 했는데 탈고를 거의 앞두고 세상을 떠났다. 책 제목은 '광대는 거울이다'였고, 광대놀음에 관한 독학 교본이었다(앞에서도 말했지만 아내의 광대놀음은 흔히 생각하는 광대 짓과는 크게 달랐다).

오래전 신문 기사에서 썼던 표현대로, 그녀는 광대라 해도 아주 이상한 광대였다. 연기를 하면서도 연기는 없다고 느껴지게 하는, 우리로 하여금 삶 그 자체를 어쩌다가 목도하게 된 느낌을 주는 연기자였다.

나는 그 창문 아래에 몇 분 동안 서서 두 사람을 그저 바라보았다. 아들이 아내에게 자기가 그린 걸 보여주면 아내는 책에 쓸 도표를 보여주거나 한 대목을 읽어주었고, 아들은 귀 기울여 들었다. 반드시 시각적으로 이해할 수 있는 정보만 줘야 한다고 주장하는 학파가 있다. 우리는 아들을 절대 그렇게 대하지 않았다. 다른 사람과 하나도 다르지 않은 것처럼 늘 말을 걸고 대화했다. 그 덕분에 아들이 바깥세상의 보통 사람들을 대할 수 있게 되었다고 생각한다. 그리고 또 한 가지 사실이 명확해졌다. 그러니까, 나는 내가 하는 말에서 어느 부분을 그 애가 취할지 도저히 알 수 없다는 것. 가끔은 우리 세 사람이 말로 전달하는 언어가 없어도 잘 지냈을 거라는 생각이 든다.

아들은 가끔 좌절했고 마음대로 되지 않아 몹시 답답해했다.

무엇이 가능하고 무엇이 불가능한지 미리 가늠할 길이 없는 우리가 아들에게 목표를 정해주다 보니, 지나치게 높은 목표가 설정되는 일도 생기곤 했다. 그러면 아들은 굉장히 풀이 죽었다. 반대로 우리가 너무 쉬운 목표를 정해주면 아들은 공부에 흥미를 잃거나, 더 나쁜 경우 최근에 맞닥뜨린 높은 난이도를 기대하면서 쉬운 공부도 어렵게 풀며 끙끙댔다. 딱 맞는 난이도로 균형을 맞춰야만 했고 시간이 흐르면서 우리도 요령을 터득했다. 대체로는 기분의 문제였다. 기쁨과 감사의 분위기를 강력하게 유지하고, 우리의 태도나 말투에서 위계가 분명하게 나뉜 세계를 드러내서는 안 되었다.

아들이 특별한 검술 동작을 배웠던 날이 기억난다. 그 애는 목검을 갖고 있었고, 헛간 옆 나무 옆에서 즐겨 휘둘렀다. 이른 오후에 마당으로 나가 어스름이 내릴 때까지 투명인간과 대결하며 놀았다. 그때 아들은 원을 그리며 돌면서 수평으로 베는 동작을 하고 싶어 했다. 누구나 한 번쯤은 본 적이 있을 것이다. 그러나 몸을 빙글 돌리는 동작이 아들에게는 몹시 어려웠다. 발이 자꾸만 엉뚱한 데 떨어지자 아들은 화까지 냈다. 그래서 아내가 아들과 함께 연습을 하고 또 했다. 빙글 몸을 돌리고, 동작을 아주 천천히 하고, 다시 또다시, 아주 천천히, 그러다가 드디어, 어느 날, 아들이 해냈다. 그래도 칼잡이처럼 유려한 회전타격은 물론 아니었다. 여전히 빙글 몸을 돌리는 데 상당한 시간이 걸렸다. 그러나 그만하면 충분했다. 집의 계단 저 밑에서부터 나를 소리쳐 부르는 아들의 목소리가 들렸다. 계단에서도, 서재 문 앞의 복도에서도 들렸다. 내 일부는, 지금도 여전히 그 문 뒤에 있다는 생각이 든다. 환희에 젖은 채로 다가오는 아들의 소리를 듣고 있다.

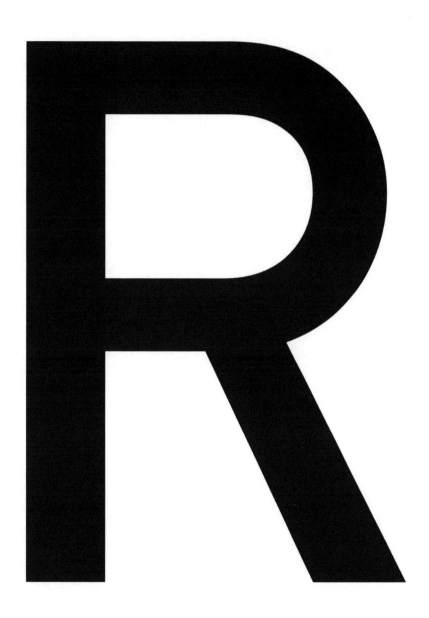

종종 아들의 경험을 생각하며 나 자신의 경험과 비교해 볼 때가 있다. 운이 좋아 살아낸 내 삶과 말이다.

예전에 알고 지내던 남자가 있었다. 그 남자는 노란 양복을 입었는데 흔치는 않은 옷차림이다. 그런 양복을 입으려면 여러 가지로 굳은 확신을 가져야 하는 법이다. 그 남자는 24시간 영업하는 체스 카페를 제집처럼 드나들었다. 내가 의대에 다니던 시절 의무감에서 갔던 카페다. 남자의 직업은 기억나지 않는다. 그런 얘기는 처음부터 못 들었을 수도 있다. 하지만 조류학에 대해서는 조예가 깊어서 내게 무터를 처음으로 소개해주었다. 우리는 얼마나 신나게 체스 게임을 즐겼는지 모른다. 동물 이름을 딴 체스의 수법치고 그가 모르는 건 없었다. 그가 제일 선호하는 첫 수는 오랑우탄이었다. 워낙 자유자재로 활용할 수 있어서 커피하우스 체스에서는 상대를 혼란에 빠뜨리거나 겁을 주는 용도로 쓸 수 있다. 물론 겁을 준다고 겁을 먹는 상대라야 하겠지만. 하지만 하마, 용, 북극곰의 수도 즐겨 썼다. 그가 먼저 c4를 시작하면 나는 게임을 두더지의 수로 몰고 갔다. 개인적으로 내가 제일 좋아하는 수였다. 그러면 남자는 환호성을 지르고 박수를 치며 내 수를 칭찬하고는 금세 내 기를 꺾었다. 우리는 오랜 시간을 함께 보냈는데, 새벽 1시에서 4시 사이의 시간은 그와 같은 나이 든 독신 남자에게 유달리 길게 느껴지는 법이다. 아무튼 그는 입버릇처럼 내게 말했다. 만사형통의 법칙이란 거의 없으므로 독서는 폭넓게 해야 한다고. 이게 무슨 뜻이냐고? 내가 이해하기로는, 통찰이란 국소적으로 형성되고 국소적으로 활용되는 법이지만, 관심사가 넓은 사람은 한 가지를 거울삼아 다른 것을 비춰보고 짜잔, 하고 한 분야의 통찰이 다른 분야에 완벽하게 들어맞는다는 걸, 갑자기 깨닫게 될 거라고, 난 그렇게 알아들었다. 아니, 뭐 몇 가지 변화를 줘야 할 수도 있지만 아무튼…….

이 얘기를 꺼낸 건 그 한밤중의 세계에서 받은 특별한 느낌을, 그 이전에도 이후에도 전혀 느껴보지 못한 탓이다. 그 세계는 내 심장에 갇혀 작은 타원형 공간을 차지하고 있을 뿐, 그 너머의 바깥세상과 그 어떤 다리로도 연결되어 있지 않다. 다리가 있다면 내가 말한 가마우지에 대한 사랑, 아니 더 정확히는 무터의 가마우지들에 대한 사랑, 무터가 가마우지들에게 느낀 감정뿐이다.

우리 아들이 혼자 밖으로 나가서 그런 세상을 만나지 못했다는 사실이 슬프다. 사소하고 예의 바른 행동을 하면 별것 아니지만 확실한 무게로 보답이 돌아오는 세상 말이다. 체스를 두던 노인들은 친절을 베풀면서 한편으로 절대 용서할 수 없는 사기를 쳤다. 하나하나 짚어 말할 수 없을 만큼 수많은 친절과 사기를! 하나하나 따져보면 사소하기 짝이 없는 일들이지만 다 같이 합쳐놓으면 우주가 된다. 그 우주를 나는 진심으로 사랑했다. 그 커피하우스를 마지막으로 방문한 게 언제인지 기억도 잘 나지 않는다. 내 삶은 아주 바빠졌고, 그런 일에 쏟을 시간적 여유도 없어졌다. 나는 밤에 혼자 배회하지 못하게 하는 여자들을 만나다가, 최고의 여자인 아내를 만났다. 아내는 내가 한밤중에 배회하게 해주었겠지만, 아내와 함께 있으면 더 바랄 나위가 없이 만족스러웠기에, 다른 여자들이 다 그러했듯 아내도 내 야밤의 체스에 종지부를 찍었다.

게임이 정말로 달아오르면, 막상막하로 치열해져서, 패배의 기운이 짙어지면 노란 양복을 입은 남자가 내게 꼭 하는 말이 있었다.

남자는 잠시 꼼짝 않고 판을 바라보다가 무섭게 정색을 하고 나를 올려다보았다. 내가 눈길을 똑바로 받을 때까지 기다렸다가 매번 똑같은 투로 이렇게 말했다.

우리 도시에서는 전통이 있다네. 신부의 아버지가 앉을 자리를 탁자에 마련해놓지. 자네가 신부의 아버지인가?

그러면 나는 말했다. 저는 신부의 아버지가 아닌데요.

그러면 남자는 말했다. 자네가 신부인가?

나는 말했다. 저는 신부가 아닙니다.

그러면 자네가 이 탁자에서 뭘 하고 있는 건가?

그때쯤이면 남자는 도망갈 길을 다 궁리한 후였고, 득의양양
하게 말을 판에 때려놓은 후 고소하다는 듯 미소를 띠고 나를
올려다보았다.

그러니까 자네가 이 탁자에서 대체 뭘 하고 있는 거냐고?

아내가 예전에 했던 퍼포먼스가 있다. 그 공연은 표를 스물네 장밖에 팔지 않았다. 이 스물네 명이 극장에 와서 객석에 앉았다. 공연 시간은 한 시간이었다. '참석'이라는 제목이었다.

아내는 소박한 옷을 입고 무대 앞쪽의 의자에 앉아 있었다. 트럼펫 하나가 바닥에 놓여 있었다. 아내는 말도 별로 하지 않고 특별히 하는 일도 없었다. 그저 열심히 관객들을 바라보았다. 조명이 켜져 있어서 관객도 그녀를 잘 볼 수 있었지만 그녀 역시 관객을 그만큼 잘 볼 수 있었다. 관객들이 말을 하려 하면 안내원이 조용히 하라고 했다. 결국 사람들은 하나씩 둘씩 나가고 마침내 극장은 텅 비었다.

그리고 다음 한 달 이내에 아내는 엄청나게 시끄러운 트럼펫을 불면서 그들 모두의 집 안에서 나타나 한밤중에 여러 사람을 혼비백산하게 만들었다.

그리고 그녀는 그들에게 편지 한 장을 주었는데, 거기에는 이렇게 쓰여 있었다. *당신의 인생이니까 당신의 참석이 꼭 필요합니다. 어디에서 무슨 일이 일어날지 알 수가 없어요.*

당시에는 아내가 총에 맞아 죽지 않은 게 다행이라고 말하는 사람들도 있었다. 하지만 진실은 약간 다르다.

내 마음속에서는, 아내가 이 정교한 광대놀음을 하다가 총에 맞아 죽었다면, 그렇다, 공연을 끝내는 한 가지 방식으로서 완전하다고 생각했을 거라 믿어 의심치 않는다.

조그만 현대식 건물에 자리 잡은 나의 진료실에서 - 현대식 이라며 우기는 턱없는 건물이 아니라 진짜 최신식 건물이었 다 - 환자 대기실은 2,000제곱미터 정도의 소나무 숲을 내려 다보는 커다란 유리창 가에 있었다. 직원들이 맞은편에 앉아 있었고 문을 지나가면 나와 파트너가 환자를 보는 방들이 나 왔다. 보통 내과에서 보내서 오는 경우가 대부분이었다.

건물의 외관을 마감한 노출 콘크리트 사이사이로 수직으로 길게 틈을 내두어서 빛이 들어왔다. 비가 오면 여기저기 희한 한 데서 내리는 빗줄기가 보였다. 건물의 창문과 채광창이 범 상치 않은 데 나 있기 때문이었다. 그런가 하면 하늘이 쾌청한 날 낮에는 전혀 다른 효과를 냈다. 한낮이 되면 의사와 직원이 함께 쓰는 화장실에 나 있는 끌 모양의 채광창에서 빛기둥이 아래로 내리꽂혔다. 그 서광은 그림 같았다. 원형의 교도소 감 방으로 떨어지는 빛을 찍은 사진 같았다. 내가 기억하기로, 그 빛은 구원을 상징하게 되어 있었다. 나는 그게 굉장히 우스웠 고 늘 직원들에게 그 이야기를 했다. 세월이 지나고 직원이 바 뀔 때마다 그 말을 했다. 우습다고 생각하는 사람들도 있었지 만 아닌 사람도 있었다.

진료실에 가끔 아들을 데려가는 경우가 생기면, 아들은 직원 이나 간호사들과 아주 잘 어울렸다. 아직 어렸을 때는 더 잘 어울렸다. 직원과 간호사들은 할 일을 제쳐놓고 아들과 놀아주었고, 나는 당연히 알면서도 모른 척했다. 비좁은 복도에 서서 폭이 불과 15센티미터 남짓 되는 틈새로 바깥의 빽빽한 소나무 숲을 바라보던 기억이 난다. 빳빳하게 풀을 먹여 깃털처럼 휘어진 흰옷을 입은 간호사 한 명이 솔잎 위에 무릎을 꿇고 앉아 눈앞에서 펄쩍펄쩍 뛰고 있는 아들과 함께 놀고 있었다. 간호사의 앳된 얼굴이 기쁨으로 발갛게 상기되어 있었고, 아들의 얼굴 역시 발갛게 상기되어 기쁨으로 충만했다. 내 몸에 우리가 함께 누릴 긴 세월과 우리가 만나 함께할 수많은 사람들의 감각이 짜릿하게 흘렀다.

아내와 나는 아들에게 이 나라를 보여줄 여행을 함께 떠나자는 이야기를 입에 달고 살았지만 끝내 그럴 기회가 없었다. 여행은 이런저런 이유로 늘 무산되었고, 나는 아내가 세상을 떠나고 센서스라는 아이디어가 떠올랐을 때에서야 비로소 스태포드를 끌고 북행도로를 탈 때가 왔다는 걸 알았다. 아내의 죽음에서 나는 나 자신의 죽음 또한 확고하게 시작되었음을 보았다. 나 역시 오래 버틸 수 없다는 걸 알았고, 그래서 생명에는 다양한 형태가 있으니까 우리도, 아들과 나도 우리 눈으로 볼 수 있는 최후의 것까지 보면서 얼마 남았는지 알 수 없는 목숨을 이어가야겠다고 생각했다.

위험은 개의치 말자, 근심도 접어두자, 도로에서 만날 어려움도 생각지 말자. 나는 모든 문제가 저절로 해결될 거라고 굳게 믿었다.

S로 이어지는 도로 표지판 앞에서 차를 세웠다. 아들에게 현재의 상황을 설명해줘야겠다고 마음먹었기 때문이다.

내게 나타나는 증후들은 심장에 심각한 문제가 있다는 의미라고 말했다. 심장이 무슨 일을 하는지 기억하니?

우리는 심장이 하는 일에 대해 이야기했다. 살기 위해서는 심장이 필요한데 이제는 내 심장이 일을 잘하지 못할 것 같다고 말해주었다.

우리가 집에서 아주 멀리 와 있고 여기엔 우리가 아는 사람이 아무도 없지만 Z에는 기차가 있으니까 너는 기차를 타고 우리가 살던 곳으로 돌아가면 될 거야. 아빠가 미리 편지를 보내서 누가 너를 데리러 나오도록 할게.

아들은 그러면 될 것 같다면서 이제 자동차 운전을 그만해도 좋을 거라고 말했다. 우리 같이 기차를 타면 되잖아. 나는 그것도 좋아.

나는 말했다. 있잖아, 아빠는 같이 기차를 타고 갈 수 없어. 너 혼자 가야 해.

그럼 아빠는 어디 있을 거야?

이제는 아무 데도 없을 거야. 나한테는 끝이 될 거야. 예전에 죽음 얘기를 했던 적이 있잖아. 아주 자연스러운 거니까 두려워할 필요 없다고.

그건 괜찮아. 하지만 아빠와 같이 기차를 타면 더 좋겠어. 여행이 기다려질 것 같아.

계획이 바뀌어서 이제 우리는 곧장 Z까지 차를 몰고 갈 거야.

아들은 그 생각을 좋아했다. 중간에 멈춰 서서 다른 집들을 방문할 거냐고 내게 물었다. 이제 아무 집도 찾아가지 않을 거라고 했다. 그 일은 끝났어.

나는 자동차 뒷좌석으로 가서 아들의 짐을 싸기 시작했다. 가방 하나에 다 들어갈 수 있도록. 그러는 내 모습을 보고 아들은 다른 가방 하나를 찾아 내 짐을 싸기 시작했다. 소용없어, 나는 말했다. 아빠는 기차 못 타.

아들의 물건을 계속 배낭에 넣자 그 애는 나를 말리려 했다. 팔뚝을 붙잡는 손을 뿌리치자 아들이 울기 시작했다. 나는 아들에게 앞좌석에 앉아서 기다리라고 했다. 그러나 아들은 내게 등을 돌리고 땅바닥에 그대로 주저앉았다.

우리는 S로 들어섰고, 나는 우체국에 잠깐 들러 편지 한 통을 부치고 나서 다시 달렸다. S와 T를 지나가는 내내 아들은 내게 한마디도 하지 않았다.

U에서 나는 또 발작을 했고 누군가가 도와주러 올 때까지 땅바닥에 벌러덩 드러누워 있었다. 우리는 밤새 U에 발이 묶였다. 약국에서 알약 몇 알을 사서 먹으니 괜찮아졌다. 아니, 가능한 최선의 상태로 회복되었다.

해가 뜨고 차를 운전하기 시작하는데 공장단지가 끝났다. 끝없는 행렬처럼 늘어서 있던 공장들이 끝났다. 우리가 산업 지대의 종단에 다다른 것이다. 그러니 이제 여기서부터는 숲속을 달려가야 할 터였다.

어질어질했다. 날아오를 듯 기분이 좋아졌다.

나무 한 그루에 대한 노래를 부르자 아들도 따라 불렀다. 우리는 그 노래를 부르고 또 다른 노래들을 불렀고, 도로가 우리 뒤로 미끄러져 사라졌다. 가끔씩 차를 세우고 마실 음료나 먹을거리를 샀을 뿐, 우리는 계속 달리고 또 달렸다. 금세라도 쓰러질 것 같았지만 내 안에는 집요한 끈기가 있었다. 사람들이 간혹 말하는 그, 마지막까지 쥐어짜낸 힘 말이다. 그 힘은 엄청나다. 분노해 날뛰는, 끝을 모르는, 짜릿한 전율 같은 에너지다. 운전을 하는데, 절대로 멈출 수 없다는 생각이 들었다. 세상 그 무엇도 나를 멈출 수는 없었다.

아들이 나이를 먹으면, 혹시라도 나이를 먹으면 어떻게 될까, 나는 생각하고 생각하고 또 생각해보았다. 아무렇게나 수염을 기르고 파자마를 입고 다닐지 알고 싶었다. 세월이 지나면서 그 애가 아는 것들이 서로 연결되고 강화될지, 아니면 지금보다 더 모래알처럼 흩어질지도 궁금했다. 조용하고 어두운 방들을, 그 애가 그 안에 앉아 있으면서 가끔 창가를, 가끔은 다른 곳을 바라보는 상상을 하기도 했다. 그 상상 속의 창으로는 빛이 들지 않았다. 쇼핑센터의 박박 닦은 시멘트 바닥 위로, 세수도 안 한 더러운 얼굴에 피로한 눈빛을 한 그 애가 비닐봉지를 들고 무릎을 탁탁 치며 걷는 모습을 생각했다. 그 애가 죽게 될 장소도 생각했다. 매트리스일 수도 있고 계단통일 수도 있다. 그 순간 그 애가 어떤 감정을, 누구에 대한 감정을 느낄지도 생각했다. 내 마음속에서 그럴 때 그 애가 부르는 이름은 아내다. 큰 소리든 아니든, 몸통이 뒤틀어지든 아니든, 다친 얼굴로 울든 멍한 눈으로 쳐다보기만 하든, 아내를 외쳐 부른다. 마음은 어쩔 수 없이 하릴없고 또 하릴없는 허무를 좇고 또 좇는다.

V 외곽에서, 내가 한밤중에 깨어보니 아들은 비명을 지르고 있었다. 차 문을 쾅쾅 치면서 마구 소리를 질러댔다. 달래면서 무슨 일이냐고 묻자 아들은 꿈속에서 우리 집 위층 욕실 앞에 있었다고 했다. 거기 카펫 위에 서서 문을 두드리고 있었단다. 안에 있는 아내를 보고 싶었던 것이다. 엄마가 그 안에 너무 오래 있었는데, 아무리 기다려도 안 나오잖아. 그래서 엄마를 꼭 봐야만 했어.

마지막으로 엄마를 본 게 언제야, 내가 물었다. 그게 언제였더라?

아들은 모르겠다고 말했다.

그 애는 뭔가 시간을 말하려다 중간에 멈칫하더니 손으로 차창을 내리는 손잡이를 괜히 만지작거렸다. 그리고 얼굴을 차 문에 꼭 대더니 눈을 감았다.

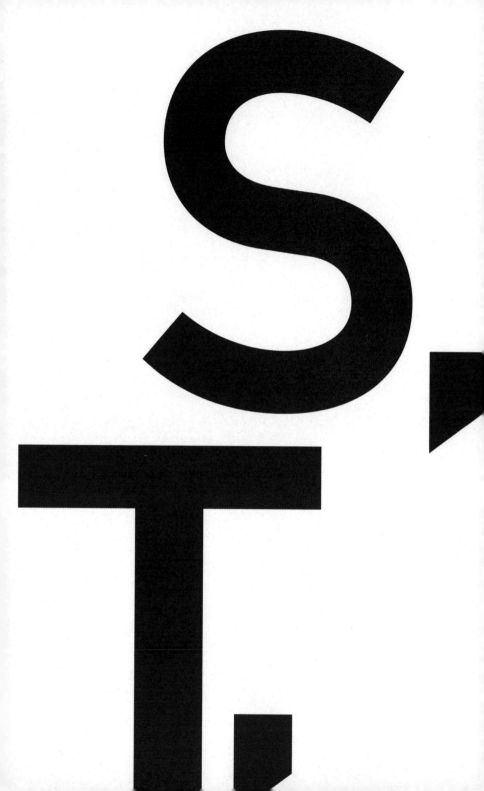

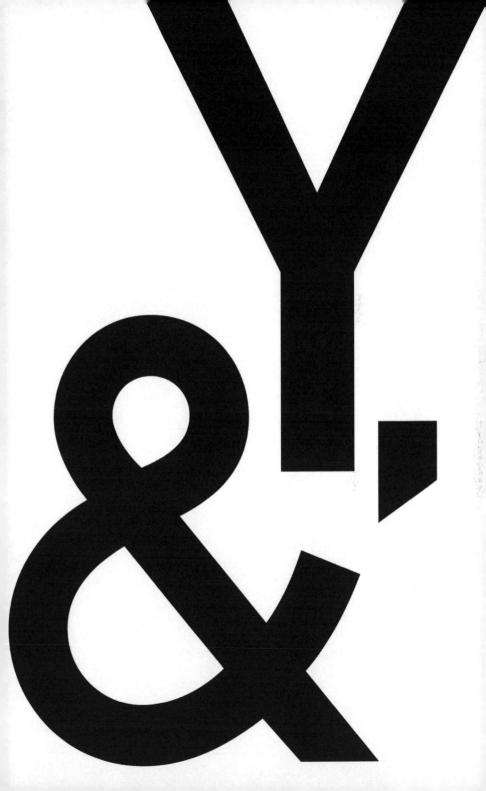

하루 종일 긴 산등성이를 내려오는데 주변의 식생이 바뀌었다. 소나무 숲이 사라지고 나타난 앙상한 가지의 낙엽수림 틈틈이 덤불숲들이 파고들었다. 반짝이는 잎사귀가 무성한 덤불에는 간혹 가다 빨간 호랑가시나무 열매가 달려 있었다. 좌측의 숲 너머로 울퉁불퉁한 비석들이 서 있었다. 버려진 묘지였다. 도로에 바퀴 자국이 푹 파여 있어 차체가 심하게 덜컹거렸다. 아들이 내 손을 잡았다.

우리는 판판한 평지로 나왔고 눈앞의 길은 파리똥만 하게 보이는 황폐한 소읍까지 쭉 뻗어 있었다. 건물이 세 채 있었는데 그중 하나, 그중 하나가 기차역이었다.

여기가 Z였다. 여기, 기차가 있었다. 거리와 상관없이 무조건 서쪽으로 달리는 기차, 순환선으로 들어설 때까지 아무리 멀리 타고 가도 괜찮다. 순환선에 들어서면 기차는 다시 중심까지 돌아오게 된다. 기차역에서 우리 아들의 표를 판 매표원, 그 사람이 말했다. 3시 차예요. 기차는 하루에 한 번 지나갑니다. 짝수 날에는 서쪽으로 가고, 홀수 날에는 동쪽으로 갑니다. 운이 좋았어요. 오늘은 서쪽으로 가는 날이에요.

오늘은 기차가 서쪽으로 간대, 나는 아들에게 말했다. 기차표를 주자 아들은 손으로 꼭 쥐었다. 자동차에서 우리는 아들의 소지품을 마지막으로 배낭에 넣었다. 아들은 그 배낭도 들었다. 그리고 코트 단추를 턱까지 채우고 모자를 꾹 눌러썼다. 아들의 눈이 무기력하게 내 얼굴을 배회했다. 살아 있는 사물들이 너무나 아득하다. 우리의 심장들은 펄쩍펄쩍 뛰어오르고 우리의 몸들은 우주에서 무기력하게 기다린다.

나는 마음속으로 생각했다, 나는 저 아이에게 아무 쓸모가 없어. 예전의 나는 생각했다, 꿈을 꾸었다. 우리가 뗏목 같은 걸 함께 타고 나아가는 꿈을. 하지만 이 나는, 먼저 떠나야만 했다. 우리 아들은 누군가 다른 사람에게, 무언가 좋은 시작을 향해, 사람이 살 만한 장소를 찾아 떠나야 한다. 그런 곳은 존재하지 않는 걸까?

그때, 나는 마음속으로 생각했다. 가능해, 선함은 가능해. 그래야만 해.

기차는 떠났다. 하늘이 어둑어둑해지고 있었으니 5시나 6시였을 거다. 기차는 가고 기차와 함께 아들도 가고 없다.

기운이 없어 앉는 게 편해서 앉는다. 내 옆에 도랑이 하나 있다.

아들이 떠났다. 기차는 가고 기차와 함께 아들도 가고 없다.

선한 죽음이 찾아오기까지 채 몇 분이 남지 않았다. 눈에서 뭔가 변화가 느껴진다. 뭐라 형용할 수 없는, 낯선 변화다. 자진해서 죽음의 구멍 속으로 들어가야 한다, 남이 대신해주게 만들면 안 된다는 걸 잘 안다. 하지만 아직은 그리로 내려가고 싶지 않다, 아직은. 수많은 몸, 수많은 시신, 늙고 아픈 몸뚱어리들, 방금 죽은 몸, 오래전에 죽은 몸들을 굽어보던 나인데, 막상 이 몸뚱어리 속에 든 나는 사망동의서를 쓰는 게 혼란스럽다.

아들은 기차의 철제 계단 위에 서서 자아를 온전히, 활짝 열어 내게로 뻗고 있다. 코트 단추를 끝까지 채워준 나. 머리카락을 귀 뒤로 넘겨준 나. 나는 손을 움직였고 작별 인사 같은 손짓이, 아무 의미도 없는 사건이 일어났다. 그때 무엇이 의미를 가질 수 있을까? 아들이 나를 보았을 때, 나는 그 애가 내가 한 말의 의미를 안다는 걸 깨달았다. 아빠가 구멍 속으로 들어가 영영 사라진다. 다시는 아빠를 찾으면 안 된다. 그러나 정말로

무엇을 알고 있었는지, 그런 말을 듣고 스스로에게 다시 말해
준다는 게 그 애에게 무슨 뜻인지, 나로서는 희미한 짐작조차
할 수가 없다.

축축하고 검은 흙 냄새를 맡으니 정원에서 보낸 날들이 기억
난다. 일어나서 아내에게 달려가거나 일어나서 아들에게 뛰
어갈 수 있었던 시절. 그러나 나는 그러지 않았다. 파슬리며
얌이며 잡초 뽑기 따위를 걱정했다. 나는 너무나 많은 것을 한
꺼번에 갖고 있었다. 그 생각들을 하면 감당할 수 없는 빛이
쏟아진다. 온통 빛이다. 그 빛에 내가 지워진다. 나는 움츠러
든다.

내 무덤과 내 무덤과 내 무덤.

말할 상대도, 볼 사람도 없다는 걸 알기에 나는 두렵다. 구멍
속에는 아무도 없다. 내가 생각했던 모든 일이 일어날 수도 있
는데. 거기서는 일어날 리 없다. 그 구멍 속에서 나를 기다리
는 사람은 아무도 없다.

학교에 아들을 데리러 간 적이 있는데, 가보니 아들이 아스팔
트 놀이터 한구석에 앉아 있고 남자애 몇 명이 함께 있었다.
남자애들이 끔찍스럽게 아들을 굽어보며 다가갔고 아들은 담
장 쪽으로 몸을 기울였다. 심지어 눈을 꼭 감고 있었는지도 모
른다. 너무 멀어서 잘 보이지 않았다. 남자애 한 명이 아들에
게 뭐라고 말하자 다른 애들의 몸이 들썩거렸다. 웃고 있었던
것 같다. 놀이터 끄트머리에 가서 나는 아들의 이름을 불렀다.
내가 아들을 소리쳐 부르자 소년들은 흩어졌다. 나를 지나쳐

걸어가는 아이들은, 소년 특유의 순수한 행복으로 행복했다. 선하지도 악하지도 않은, 그런 모든 걸 초월하는 행복이었다. 내가 다가가는 내내 아들은 거기 그대로, 울타리에 기댄 채, 금속 사슬을 휘감고 자라난 덩굴손을 꼭 쥐고 혼자 남아 있었다. 그 애 이름을 부르고, 부르고, 또 불렀지만, 바로 옆에 가서 이름을 부를 때까지 아들은 오지 않았다.

끔찍했던 일이 너무 많다. 그 점에 대해서는, 내가 느낀 감정의 크기를, 도저히 말로 다 할 수 없다.

그리고 이제 미래가 있다. 내가 아닌 그 애의 미래다. 모든 미래를 상상해보지만 이상하게 내 마음속에서는 그 애가 이리로 돌아오는 모습이 그려지지 않는다. 그 애는 다른 곳, 훨씬 먼 곳으로 갈 것이다. 우리 아들은 기차를 하루 종일 타고 순환선 역까지 가서 다음 기차로 갈아타고 또 하루 또 하루 또 하루 여행을 할 것이다. 그 애가 가는 곳까지는 몇 날 며칠이 걸린다. 여러 날이 지난 후, 거의 불가능해 보이는 거리를 달린 후, 열차는 아무것도 없다시피 한 작은 역에 다다를 것이다. 그만큼 멀리 가야 한다. 아무것도 없다시피 한 데까지. 기차는 금속 브레이크를 갈면서 멈춰 설 것이다. 차장이 한 바퀴 둘러볼 것이다. 차장은 직접 고른 자리에 앉아 있는 아들을 발견할 것이다. 아들은 바깥 구경을 할 수 있는 창가 자리에 앉아 있다. 이제 아들은 기차 여행에 익숙해져 있다. 아마 기차를 좋아하게 되었으리라. 차장이 아들을 부축해 일으켜 세우고 가방을 가져다줄 것이다. 두 사람은 함께 출구로 나간다. 그 여정을 통해서, 몇 달, 어쩌면 몇 년이 걸렸을 그 여행 기간 동안에, 차장은 아들을 좋아하게 되었으리라. 두 사람은 기차의 일부, 끝나지 않는 여정의 일부가 되었으리라. 그러나 가야 할 때가 기어이 올 것이다. 두 사람은 포옹한다. 아들은 플랫폼으로 내려 거기 서 있으리라. 그 애는 거기 그대로 서 있을 것이다. 기차가 서서히 출발할 것이다.

누군가가 자동차에 타고 기다리고 있다가 아들에게로 달려올 것이다. 아마 우리 아버지, 우리 어머니, 아니면 아내일 것이다. 그들은 서로 알아볼 것이다. 아무도 서로를 그렇게 깊이 알 수는 없다. 그들은 서로를 너무나 잘 알고, 너무나 깊이 이해할 것이다. 그들은 서로의 품에 뛰어올라 안길 것이다. 기쁨에 젖어 함께 자동차를 탈 테고, 짧은 거리를 운전해 초록빛 강둑을 건너갈 것이다. 차를 타고 가다 보면 집이 한 채 나올 것이다. 내가 태어난 집, 아니면 그녀가, 아내가 태어난 집이 나올 것이다. 거기에는 아내나 나의 부모님이 계실 테고, 어쩌면 심지어 나도 있을지 모른다. 그 집에 도착하면 크나큰 즐거움이 가득할 테고, 내 말로는 그것을 다 표현할 길이 없으리라. 아들은 한 사람 한 사람에게 뛰어가 반가이 인사하며 자신이 한 여행의 모든 것을 말할 것이다. 그 아이는, 오로지 홀로 남게 될 그 아이는 참된 센서스이다. 모든 것을 본 그 애의 눈, 모든 것을 느낀 그 애의 심장, 그 사연을 아이는 모두에게 들려줄 것이고, 그곳에서는, 있을 수 없는 그곳에서는 그 애의 말 한마디 한마디가 예전에 없던 가없는 이해로 받아들여지리라. 그리고 그 참된 센서스는 가져가지 않고서는 결코 주지 않는 이 땅, 입으로 물어뜯고 이빨로 내뱉는 이 땅의 잔혹한 욕지기를 훌쩍 초월하는 그 무엇인가가 되리라.

신성한 침묵에 접속하는 특별한 소설,『센서스』

그 어떤 말로도 부적절한 화두가 있다. 일상의 언어가 가닿기 힘든 심연의 화두. 아무 할 말이 없어지는 지점. 어떤 말도 진정성을 가질 수 없는 지점. 가늠할 수 없는 불행. 상상도 못할 희생. 아주 특별한 사랑, 기막힌 사정. 우리 경험의 한계를 훌쩍 넘어서는 현실. 철저한 타인의 진실. 하지만 정적이 지배하는 그 화두의 심도를 통해, 타자와 우리를 가르는 심연의 깊이를 가늠하려는 (어쩌면 불가능한) 노력을 통해, 비로소 사람은 사람다워진다. 문학과 시어詩語는 어둡고 고요한 진실의 핵심을 둘러싸고 우회하며 형언불가形言不可의 장벽을 넘어서려 애쓴다.

제시 볼의『센서스』는 그런 소설이다. 다운증후군을 가지고 태어난 형, 그 형과 함께하는 삶은 '경험'해보지 않은 사람들에게 설명할 수도 없고 이해를 구할 수도 없는, '특별하고 격리된 진실'이다. 하지만 제시 볼은 형과 함께한 삶의 구체적인 '사실들'을 늘어놓거나 설명하려 하지 않는다. 어차피 사람들은 '전혀 이해하지 못하고 앞으로도 이해하지 못할' 것이다. 하지만 평범한 사람들의 경험 바깥에 존재하는 이 특별한 진실은 보편적인 인간의 감정과 조건을 가장 통렬하게 꿰뚫는다. 2017년 그란타 미국 신진 작가상을 수상한 제시 볼은 이 기제를 오로지 문학만이 할 수 있는 방식으로, 시와 은유로 포착하려 한다. 이제는 잃어버린 사람, 떠올릴 때마다 심장에 '광대하고 찬란한 빛'이 벅차게 흘러넘치는 사람, 하지만 '흔한 설명, 흔한 묘사'로는 도저히 포착할 수 없는 사람, 우리는 그런 존재에 대해 과연 어떤 책을 쓸 수 있을까?

그래서 이 소설은 일상적 언어 – 제시 볼 스스로 '상업화'된 언어라 부르는 – 와 기존의 문학 장르의 한계를 절감한 작가가 그 한계를 넘어서려 대담하고 창의적인 시도를 무릅쓴 기록이다. 판타지와 추리소설의 장르를 빌려오고, 팬터마임과 광대놀음의 은유를 쓰고, 합리적으로 설명되지 않는 초현실주의적인 몽상의 풍경을 소환한다. 단호한 직설, 명쾌한 설명, 깔끔한 시적 정의, 쉽게 설명되는 현상, 단순한 플롯은 결코 진실을 담을 수 없다는 듯, 인간과 풍경과 설정이 모두 짙은 안개 속을 헤매듯 불투명하다. 언제나 부분적으로 가려진 막막한 풍경, 어디로 가는지 어디에 있는지 방향감각이 비틀어진 플롯, 간유리 너머로 보듯 일그러지고 애매모호한 인간 군상들. 이 파편적이고 왜곡된 표현 그 자체가 침침하고 막막한 미로를 더듬거리며 지나가는 듯한, 우리 삶의 경험에 호소한다. 우리도 만나는 사람들을, 살아가는 순간들을 과연 명료하게, 전적으로, 총체적으로 이해하지 못하므로. 감정의 진실은 안개가 서서히 셔츠를 적시듯 배어난다. 이를테면 이 소설에 등장하는 광대학교 셰이프 학교의 교사들이 공감 능력을 가르치는 장면처럼. 물에서 배를 타지 않고도, 땅바닥에서 팬터마임을 통해서, 오히려 조난당한다는 게 무엇인지, 그 현실의 감정적 본질이 더 선명하게 전달되기도 한다. 그럴 때 가르는 모든 것들을 찬란하게 뛰어넘는 표현은 모두 시가 된다.

『센서스』에 따르면 다운증후군을 지닌 형에 대한 사랑의 핵심, 감정적 본질은 막중한 보호자의 책임감, 궁극적으로 '혼자 남겨두고 영원히 떠나는' 경험의 뼈저린 상상이다. 서서히 죽음으로 다가가면서 함께한 순간들, 함께 만난 사람들을 반추하는 서사다. 이야기의 핵심을 작가의 형 아브람의 현신인 '아들'과의 동행에 두면서, 동행하는 여정을 통해 타인과 세계에 손을 내미는 과정이, 정체를 파악하기 어려운 정부 기관에서 실시하는 인구조사로 표현된다. 말하자면 인구조사는 어찌 보면 인간과 인간이 만날 수 있는, 가장 피상적이고 산문적인 방식이다. 인간에 대한 정보를 사실의 총합으로 등

치하는 편리한 행정적 관점의 소산이다. 하지만 가가호호 방문하며 사실을 받아 적는 짧은 사이에도, 사람이란 숫자와 사실로 포착하고 담을 수 없는 미묘하고 복잡한 존재임이 통렬하게 드러난다. 누군가는 거부하고 누군가는 증오하며 누군가는 동정하고 누군가는 상처를, 또 누군가는 사랑을 준다. 찰나에 스치듯 일별하는 그 삶의 조각조각들이 에드워드 호퍼의 그림처럼 많은 이야기를 숨기고 있다. 인구조사가 갈비뼈에 표식을 남기듯이 스쳐간 모든 사람들이 삶에 자취를 남긴다.

센서스의 정신에 충실하게, 이 인간 군상의 진실이 조각보처럼 이어져 마을의, 주의, 그리고 나라의 풍경을 구성한다. 카프카의 『아메리카Amerika』처럼 미국이면서 미국이 아닌 광대한 국가, A에서 시작해 Z로, 알파벳 순서대로 천천히 끝으로 다가가는 이 '가상의 나라'의 풍경은 녹음이 우거진 숲과 농장 주택에서 시작해 공장 지대를 거쳐 쓰고 버려진 황무지, 무덤이 될 깊은 구덩이로 끝난다. 그리고 이 초현실적 아메리카의 풍경은 청춘에서 죽음으로 향해 가는 만인의 보편적 여정으로 확장된다. '아버지'가 밟아나가는 이 고달픈 만인의 여정이, 결국은 '아들'과 함께한 경험으로 특별한 의미를 품고 빛난다. 구식의 우화부터 시작해서 판타지와 미스터리, 메타픽션과 조각소설을 아우르는 이 작품은 세상의 모든 약하고 잊힌 존재를 위한 찬가이고, '아들'과 아들의 삶을 무겁게 짊

어진 모든 '아버지'에게 뻗는 공감과 위로의 손길이고 여전히
문학의 가능성을 믿는다는 선언이기도 하다.

센서스

초판 1쇄 인쇄 | 2019년 5월 10일
초판 1쇄 발행 | 2019년 5월 16일

지은이 | 제시 볼
옮긴이 | 김선형
펴낸이 | 박남숙

펴낸곳 | 소소의책
출판등록 | 2017년 5월 10일 제2017-000117호
주소 | 03961 서울특별시 마포구 방울내로9길 24 301호(망원동)
전화 | 02-324-7488
팩스 | 02-324-7489
이메일 | sosopub@sosokorea.com

ISBN 979-11-88941-23-0 03840
책값은 뒤표지에 있습니다.

이 도서의 국립중앙도서관 출판예정도서목록(CIP)은 서지정보유통지원시스템 홈페이지(http://seoji.nl.go.kr)와
국가자료공동목록시스템(http://www.nl.go.kr/kolisnet)에서 이용하실 수 있습니다. (CIP제어번호 : CIP2019014943)